Alice's Adventirs in Wunnerlaun

D1471863

Alice's Adventirs in Wunnerlaun

Bi
Lewis Carroll

ILLUSTRATIT BI
JOHN TENNIEL

TRANSLATIT INTAE GLESCA SCOTS BI
THOMAS CLARK

evertype

2014

Publisht bi/*Published by* Evertype, Cnoc Sceichín, Leac an Anfa, Cathair na Mart, Co. Mhaigh Eo, Éire. *www.evertype.com.*

Original title: *Alice's Adventures in Wonderland.*

This translation © 2014 Thomas Clark.
This edition © 2014 Michael Everson.

First edition 2014.

A catalogue recort fir this book is available fae the British Library.
A catalogue record for this book is available from the British Library.

ISBN-10 1-78201-070-X
ISBN-13 978-1-78201-070-8

Typeset in De Vinne Text, Mona Lisa, ENGRAVERS' ROMAN, and *Liberty* bi Michael Everson.

Illustrations: John Tenniel, 1865.

Cover: Michael Everson.

Printit bi/*Printed by* LightningSource.

Forewird

*L*ewis Carroll wis the pen-name ae Charles Lutwidge
Dodgson, a professor o mathematics at Christ Church,
Oxford. His weel-kent story came aboot while he wis oan a
rowin trip up the watter ae the Thames in Oxford oan 4 July
1862. Dodgson wis accompanit oan this outin bi the Rev.
Robinson Duckworth an three young lassies: Alice Liddell,
the ten-year-auld daughter ae the Dean ae Christ Church, an
Alice's two sisters, Lorina and Edith, who wir thirteen an
eight. As ye kin tell fae the poem at the stairt, the three
lassies begged Dodgson fir a story, an so he went oan tae tell
them, wioot a hale loat ae enthusiasm tae begin wi, an early
version ae the story that wis tae become *Alice's Adventirs in
Wunnerlaun*. Acause ae this, there's a fair few refrences tae
the five traivellers in the boat hauf-hidden away throo-oot the
text ae the book, which wis published eventually in 1865.

Glaswegian, the dialect ae Scots spoke mainly in Glesca an
the surroondin coonty ae Lanarkshire, differs mainly fae
ither Scots dialect in the range an variety ae its influences.
Glesca's pairt in the 18th Century transatlantic trade o
Great Britain, an its later expansion intae an industrial
pooer in its ain right, saw the toon turn intae a meltin pot ae

cultural differences. Linguistically, the maist important immigrants bi faur wir the Irish an the Scottish Hielanmen, who settlt in Glesca in their droves. The vowel soonds ae Glaswegian, mebbe its maist significant distinguishing merks, owe much tae the pronunciation ae the city's Irish an Hielan incomers.

It's wirth notin that the establishment ae a standart written Scots is still an oangawin process, specially when it comes tae regional dialects. In the Glaswegian *Alice* ah've used standart Scots spellins where sich spellins exist ("deid", "doon", "didnae") bit as well as that, ah've used phonetic spellins an coinages fir wirds where there's nae current consensus fir standart spellin, ir where Glaswegian pronunciation is different in important weys frae that ae Standart Scots ("coarner", "yeez", "jaur"). Seein as Glaswegian pronunciations are awfy context-sensitive, this means ye'll oaften find two different spellins ae the same wird, likesay baith "everythin" an "everyhin" fir "everything". Ah've bent aer backwarts tae avoid apologetic apostrophes, bit fir some Glaswegian contraction ae standart English ir Scots wirds, specially wans in the past tense or usin glottal stoaps (like "unsettl't"), an apostrophe wis the neatest wey ae reflectin Glaswegian pronunciation.

A language mair spoke than written, Glaswegian's goat an awfy wee functional vocabulary when it comes tae some hings. The synonyms ae "weeping" that git used aw through *Alice*, fir instance—"crying", "sobbing", "shedding tears" an aw that—hiv aw goat totally different connotations fae each ither, an could aw be translatit, mair ir less, intae direct Glaswegian equivalents. Bit in actual spoken practice the Glaswegian wird "greetin" wid jist be used fir them aw, an so it's whit ah've stuck tae here. Bi the same token, aw *Alice*'s various degrees ae "smallness" are cover't in Glaswegian simply bi "wee" an "totey". Oan the ither haun, there's certain areas where Glaswegian enjoys a full an rich vocabulary—insults, expressions ae scepticism, etc.—an in thae aspects ah've gave it the full whack as faur as the local colour ae the dialect goes.

Ah'm hopin that this Glaswegian *Alice* has the meanin ae the original, but casts its subtle emphases in ither directions. The Glaswegian wey ae hings in storytellin tends tae pit the brunt oan character an dialogue, an this is suhin ah've tried keenly tae reflect. Glaswegian, fir wan reason ir anither, is a dialect ae Scots no mony translaters tend tae use. Where Glaswegian translations ae major wirks dae exist, but, thir a staun-oot fir thir gallusness, thir banter, an a kindae storm-damaged coammun-sense that straddles the boarder atween whimsy an practicality. It's in reflectin this aspect ae Carroll's original, above aw, that ah hope this Glaswegian *Alice* is able tae succeed.

Thomas Clark
Hawick, April 2014

Foreword

$\mathcal{L}$ewis Carroll was the pen-name of Charles Lutwidge Dodgson, a mathematics don in Christ Church, Oxford. His famous tale originated during a rowing trip on the Thames in Oxford on 4 July 1862. Dodgson was accompanied on this outing by the Rev. Robinson Duckworth and three young girls: Alice Liddell, the ten-year-old daughter of the Dean of Christ Church, and Alice's two sisters, Lorina and Edith, who were thirteen and eight. As is clear from the introductory poem, the three girls begged Dodgson for a story, and so he began to tell them, reluctantly at first, an early version of the story that was to become *Alice's Adventures in Wonderland*. As a result there are a number of half-hidden references made to the five travellers in the boat throughout the text of the book itself, which was finally published in 1865.

Glaswegian, the dialect of Scots spoken principally in Glasgow and the surrounding county of Lanarkshire, differs primarily from other Scots dialect in the range and variety of its influences. Glasgow's role in the 18th Century transatlantic trade of Great Britain, and its later expansion into a bona fide industrial power, saw the city become a thoroughfare of cultural differences. Linguistically, the most important immigrants by far were the Irish and the Scottish Highlanders, who settled in Glasgow in great numbers. The vowel sounds of Glaswegian, which are perhaps its most significant distinguishing marks, owe much to the pronunciation of the city's Irish and Highlander incomers. It is worth noting that the establishment of a standard written Scots is still very much an ongoing process, particularly when it comes to regional dialects. In the Glaswegian *Alice* I have used standard Scots spellings where such spellings exist ("deid", "doon", "didnae") but also some phonetic spellings and coinages for words where there is currently no consensus for standard spelling, or where Glaswegian pronunciation differs significantly from that of Standard Scots ("coarner", "yeez", "jaur"). As Glaswegian pronunciations are often context-sensitive, this has resulted in occasional alternative spellings of the same word, such as both "everythin" and "everyhin" for "everything". I've tried desperately to avoid apologetic apostrophes, but for some Glaswegian contractions of standard English or Scots words, particularly those in the past tense or involving glottal stops (such as "unsettl't"), an apostrophe represented the neatest way of reflecting Glaswegian pronunciation.

A language more often spoken than written, Glaswegian has a fairly limited functional vocabulary. The various synonyms of "weeping" which appear throughout *Alice*, for example—"crying", "sobbing", "shedding tears" etc.—bear different tonal connotations from one another, and are all translatable, in theory, into direct Glaswegian equivalents. Nevertheless, in actual spoken practice the Glaswegian word "greetin" would be employed for all, and so is preferred here. Similarly, *Alice*'s numerous degrees of smallness are adequately covered in Glaswegian simply by "wee" and "totey". Conversely, there are certain areas in which

Glaswegian enjoys a full and rich vocabulary—insults, expressions of scepticism, etc.—and in these aspects I have allowed full rein to the local colour of the dialect.

It is my hope that this Glaswegian *Alice* retains the meaning of the original whilst casting its subtle emphases elsewhere. The Glaswegian accent in storytelling tends principally to be upon character and dialogue, and this tendency I have endeavoured keenly to reflect. Glaswegian, for one reason or another, is a dialect of Scots which few translators choose to work in. Where Glaswegian translations of major works do exist, however, they are characterized immediately by their liveliness, their wit, and a certain kind of eccentric common-sense which straddles the border between whimsy and practicality. It is in retaining this aspect of Carroll's original, above all, that I hope this Glaswegian *Alice* manages to succeed.

Thomas Clark
Hawick, April 2014

Alice's Adventirs
in Wunnerlaun

CONTENTS

Aw in the golden efternin,
     Full leisurely we glide;
Fir baith oor oars, wae bitty skill
     Bi bitty erms are plied,
While bitty hauns make sma pretence
     Oor wannerins tae guide.

Ach, cruel Three! In sich an oor,
     Aneath sich dreamy weather,
Tae ask a tale ae breath too weak
     Tae stir a totey feather!
Bit whit kin wan puir voice avail
     Against three tongues thegither?

Imperious Prima flashes furth
     Her edict tae "begin it";
In gentler tone Secunda hopes
     "There will be nonsense in it!"
While Tertia interrupts the tale
     Nae mair than wance a meenit.

An then, tae sudden silence won,
     In fancy they pursue
The dream-child movin through a laun
     Ae wunners wild an new,
In freendly chat wae bird or beast—
     An hauf believe it true.

An ever, as the story draint
    The wells ae fancy dry,
An faintly strove that weary yin
    Tae pit the subject by,
"The rest nex time—" "It *is* nex time!"
    The happy voices cry.

So grew the tale ae Wunnerlaun
    So slowly, wan by wan,
Its quaint events wir hammert oot,
    An noo the tale is done,
An hame we steer, a merry crew,
    Aneath the settin sun.

Alice! A bairnsang story take,
    An wae a gentle haun
Lay it where Childhood's dreams are twin't
    In Mem'ry's mystic baun,
Like pilgrim's withert wreath ae flooers,
    Pluckt in a faur-aff laun.

D o o n   t h e   R a b b i t - H o l e

*A*lice wis stairtin tae git awfy fed up ae sittin nex tae her sister oan the bank, an ae hivvin nuhin tae dae: wance or twice she'd checked oot the book her sister wis readin, bit it hid nae pictures or banter in it, "an whit's the use ae a book," thought Alice, "wioot pictures or banter?"

So she wis hinkin tae hersel (best she could, the hoat day makin her feel awfy sleepy an away wi the fairies), if the chance tae make a daisy chain wid be wirth the bother ae gettin up an pickin the daisies, when aw ae a sudden a White Rabbit wae pink eyes breenged right past her.

There wisnae onyhin *that* stringe aboot that; an Alice didnae even hink it that much ooty the run ae hings tae hear the Rabbit say tae itsel, "Aw naw! Aw naw! Ah'm gonnae be late!" (when she thought aboot it efterwards, it croasst her mind that she mebbe ought tae've wunnert at this, bit at the time it aw jist seemed like the done thing); bit when the Rabbit actually *took a watch oot ae its waistcoat-poaket*, an looked at it, an then hurrit oan, Alice stairtit tae her feet. It flashed acroass her mind that she'd never seen a rabbit wae a waistcoat-poacket afore, or a watch tae take ooty it, an she wis that nosy she tanked acroass the field efter it, an wis jist in time tae see it jump doon a big rabbit-hole unnerneath the hedge.

Nex hing ye know, doon went Alice efter it, never wance thinkin how oan irth she wis meant tae git back oot again.

The rabbit-hole went straight oan like a tunnel fir a wee bit, then it dipped suddenly doon, that suddenly Alice hidnae a meenit tae think aboot stoappin afore she fun hersell fawin doon an awfy deep well.

Either the well wis awfy deep, or she fell awfy slow, cause she hid plenty ae time as she went doon tae take a quick swatch aw aroond her, an tae wunner whit wis gonnae happen next. First, she tried tae look doon an make oot whit she wis comin tae, bit it wis too daurk tae see anyhin; then she looked at the sides ae the well, an noticed that they wir fillt wae cupboards an book-shelves: noo an again thir wis maps an pictures hung up oan pegs. She took a grab at a jaur fae wan ae the shelves as she went past it said oan it "ORANGE MARMALADE", bit her face drapped when she realized it wis empty: bit she didnae want tae jist droap the jaur case it gave some poor sowel a sour yin, so she managed tae pit it back intae wan ae the cupboards as she wis fawin past.

"In the name o the wee man!" Alice thought tae hersel. "Efter a faw like this, takin a heider doon the stairs'll hiv nuhin in it! They'll hink ah'm no scairt ae anyhin back hame! Like, ah widnae say anyhin aboot it even if ah fell aff the tap ae the hoose!" (That much wis true, onywey.)

Doon, doon, doon. Wid the faw *ever* come tae an end? "Ah wunner how mony miles ah've fell bi noo?" she said oot lood. "Ah must be gittin tae the centre ae the irth, near enough. Lit me hink: that'd be four thoosand miles doon, gie or take—" (Alice, ye see, hid learnt a few hings kind ae like that in her clesses at the school, an even though this mebbe wisnae the *best* opportunity fir showin aff aboot it, seein's thir wis naebdy there tae hear her, it wis guid practice fir her onyweys) "—aye, that's aboot the right distance—bit ah wunner whit Latitude or Longitude ah've goat tae?" (Alice hid nae idea whit Latitude wis, or Longitude either fir that matter, bit thought they wir grand wirds tae say.)

Next hing she stairtit up again. "Wunner if ah'll jist faw right *through* the irth! It'll be awfy funny if ah come oot where the fowk walk wae their heids doonwards! The Antipathies, ah hink—" (she wis fair gled there *wis* naebdy listenin, this time, cause that didnae sound at aw the right wird) "—bit ah'll hiv tae ask them whit the name ae the country is, eh. 'Scuse me, chief, zis New Zealand or Australia?" (an she tried tae curtsey as she spoke—magine! *Curtseyin* as ye're fawin through the air! D'ye hink *you* could manage it?) "They'll hink ah'm a right wee bachle fir needin tae ask, so they will! Nup, it'll no dae tae ask: mebbe ah'll jist see it up oan a sign or that."

Doon, doon, doon. Thir wisnae anyhin else tae dae, so Alice soon stairtit talkin again. "Dinah'll miss me the night, onywey!" (Dinah wis her cat.) "Ah hope they'll mind her saucer ae milk at tea-time. Ma wee Dinah! Ah wish ye wir doon here wae me! There's nae mice in the air, like, bit ye might catch a bat, an that's kindae the same hing, int it? Bit dae cats eat bats, ah wunner?" An here Alice stairtit tae git awfy sleepy, an went oan sayin tae hersel, in a dreamy sortae wey, "Dae cats eat bats? Dae cats eat bats?" an sometimes, "Dae bats eat cats?" cause, ye see, she couldnae answer either question, so it didnae really matter whit wey roon she pit it. She could tell she wis dozin aff, an hid jist stairtit tae dream she wis walkin haun in haun wae Dinah, an sayin tae her, awfy seriously, "Right, Dinah, tell iz the truth: did yae ever eat a bat?" when, aw ae a sudden, thump! thump! doon she came oan tae a pile ae sticks an dry leaves, an the faw wis aer an done wi.

Alice wisnae hurt a bit, an she jumped up oantae her feet in a meenit: she looked up, bit it wis aw daurk aerheid: in front ae her wis anither lang passage, an the White Rabbit wis still in sight, hurryin doon it. Thir wisnae a meenit tae lose: Alice wis aff like the wind, an wis jist in time tae hear it say, as it turnt a coarner, "Och ma ears an whiskers, it's stairtin tae git awfy late!" She wis right ahint it when she turnt the coarner, bit then the Rabbit wis naewhere tae be seen: she fun hersel in a lang, low haw that wis lit up bi a row ae lamps hingin fae the roof.

Thir wis doors aw aroon the haw, bit they wir aw loackt; an when Alice hid been aw the wey doon wan side an aw the wey up the ither, tryin every door, she walked doon the middle like a hauf-shut knife, wunnerin how she wis ever gonnae git oot again.

Then aw ae a sudden she came upoan a wee three-leggit table, made ae solid gless: there wis nuhin oan it cept fir a totey golden key, an Alice's first idea wis that it might fit wan ae the doors in the haw; bit, ach! either the loacks wir too big, or the key wis too sma, bit either wey it widnae open ony ae them. Bit then, oan the second time roon, she came upoan a low curtain she hidnae noticed afore, an ahint it wis a wee door aboot fifteen inches high: she tried the totey golden key in the loack an, ya beauty! it fittit!

Alice opent the door an saw it led intae a wee passage, nae bigger than a rat-hole: then she knelt doon an lookt alang the passage intae the bonniest gairden ye ever saw. How she longed tae git oot ae that daurk haw, an dauner aboot thae beds ae bright flooers an thae cool fountains, bit she couldnae even git her heid through the doorwey; "an even if ma heid'd go through," thought poor Alice, "it widnae be much use tae me wioot ma shooders. Och, ah jist wish ah could shut masel up like a telescope! Ah hink ah could dae it, tae, if ah only knew how tae stairt." Cause that mony queer hings hid happened lately, ye see, that Alice hid stairtit tae think that thir wis hairdly anythin *impossible*.

Thir didnae seem tae be much use staunin there waitin bi the totey door, so she went back tae the table, hauf hopin thir'd be anither key oan it, or at any rate a book ae rules fir shuttin fowk up like telescopes: bit this time she fun a wee boattle oan it, ("that wisnae here afore, wis it?" said Alice), an tied roon the neck ae the boattle wis a paper label, wae the wirds "DRINK ME" printit oan it in beautiful big letters.

It wis aw verra well taw say "Drink me", bit Alice hid the brains she wis boarn wae, an she wisnae gonnae dae *that* in a hurry. "Nup, ah'll hiv a wee look first," she said, "an see if it's merkt *'poison'* or no"; cause she'd read a few wee stories aboot weans that'd goat burnt an scaffed up bi wild beasts an ither sichlike things, aw cause they couldnae be bothert tae mind the rules their pals'd taught them: like, that a reid-hoat poker'll burn ye if ye haud it too lang; an that, if ye cut yer finger *awfy* deep wae a knife, it tends tae bleed; an she'd never foargoat that, if ye drink much fae a boattle merkt "poison", it's sure tae come back tae haunt ye, somewhere alang the road.

Bit, as it turnt oot, this boattle *wisnae* merkt "poison", so Alice decidit tae taste it, an, findin it awfy nice (it hid a sortae mixed flavour ae cherry-tart, custart, pine-apple, roast turkey, toffee, an hoat buttert toast), she goat tore right in, an soon she'd drank the lot.

    *   *   *   *
       *   *   *
    *   *   *   *

"Whit a funny feelin!" said Alice; "Ah must be shuttin up like a telescope."

An so she wis: she wis only ten inches high noo, an her face brightened up at the thought she wis the right size noo fir gaun through the wee door intae that bonny gairden. First, though, she waitit fir a few meenits tae see if she wis gonnae shrink ony mair: she felt a wee bit nervous aboot it; "cause, ye know, it might end up," said Alice tae hersel, "in ma jis disappearin awthegither, like a candle. Ah wunner whit ah'd be like then?" An she tried tae imagine whit the flame ae a candle is like efter the candle's oot, cause she couldnae mind hivvin seen sich a thing afore.

Efter a while, seein that nuhin else hid happened, she decidit oan gaun intae the gairden right away; bit ae aw the things! when she goat tae the door, she realized she'd forgoat the totey golden key, an when she went back tae the table fir it, she saw she couldnae possibly reach it: she could see it easy enough through the gless, an she tried her best tae climb up wan ae the table legs, bit it wis too slippery; an when she'd tired hersel oot wi tryin, the poor wee thing jist sat doon an gret.

"Moan you, there's nae point sittin greetin like that!" said Alice tae hersel, awfy sharp, like; "Enough's enough!" She usually gave hersell some fair guid advice (though she hardly ever follit it), an sometimes she scoldit hersel that much as tae bring tears tae her eyes; wance she remembert tryin tae gie hersel a clip oan the lug fir hivvin cheatit in a game ae croquet she wis playin against hersel, cause she wis an unusual bairn, an awfy fond ae kiddin on tae be twa different fowk. "Bit it's nae use noo," thought puir Alice, "tae kid on tae be twa different fowk! Ah mean, thir's herdly enough ae me left tae make wan decent person as it is!"

Eventually she spottit a wee gless boax that wis lyin unner the table: she opened it, an fun in it a totey wee cake, wae the wirds "EAT ME" wrote oan it beautifully in currants. "Awright then, ah'll eat it," said Alice, "an if it makes me git bigger, ah kin reach the key; an if it makes me git wee-er, ah kin creep unner the door; either wey ah'll git intae the gairden, an ah'm no fussed whit wan it is!"

She ate a wee bit, an said tae hersel, "Whit wey? Whit wey?" pittin her haun oan toap ae her heid tae see whit wey she wis growin; bit she wis a wee bit surprised tae find that she steyed exactly the same size. Fair enough, that's whit normally happens when ye hiv a slice ae cake; bit Alice hid goat that much intae the wey ae expectin nuhin bit ooty-the-wey things tae happen, it seemed awfy dull an stupit fir life jist tae go oan as normal.

So then she goat wired in, an verra soon hid the cake feeneesht oaf anaw.

*   *   *   *

*   *   *

*   *   *   *

CHAIPTER II

The Pool ae Tears

"Weirderer an weirderer!" cried Alice (she wis that surprised that, fir a wee meenit, she forgoat how tae speak guid Scots). "Noo ah'm openin oot like the biggest telescope there ever wis! Cheeri-bye, feet!" (cause when she looked doon at her feet, they seemed tae be nearly oot ae sight, they wir gittin that faur away). "Och, ma poor wee feet! Ah wunner wha'll pit oan yer shoes an stoackins fir ye noo, ma wee darlins? *Ah'll* no be able tae, that's fir sure! Ah'm gonnae be too faur awa tae worry aboot it, ye see: ye'll hivtae jist git by oan yer ain—och, bit ah shouldnae be too haird oan them," thought Alice, "or mebbe they'll no walk the wey ah want them tae! Bit thair's a thought. Ah'll gie them a new pair ae bits every Christmas."

An she went oan plannin tae hersel how she wid manage it. "Well, ah'll need tae send thaim bi courier, fir a start," she thought; "that'll be funny, win't it, sendin pressies tae yir ain feet! Never mind the address oan the front!

16

Alice's Right Fit, Esq.
Hearthrug,
   nex tae the Fender,
     (wae Alice's luve).

Och, ah'm talking a right load ae rubbish!"

Jist then her heid bashed intae the roof ae the haw: noo she'd sprooted tae aboot nine fit high, an she quickly pochled the wee golden key an goat her skates oan, oaf tae the gairden door.

Poor Alice but! It wis mair than she could manage, lyin doon oan wan side, tae look through intae the gairden wae wan eye; bit tae git through wis mair hopeless than ever: she sat doon an stairtit greetin again.

"Och, this is a pure rid neck," said Alice tae hersel, "a big lassie like you," (so she wis inaw), "sittin here greetin like a wean! Enough's enough, right!" Bit she went oan aw the same, pure greetin buckets, till thir wis a big pool ae it aw roon her, aboot four inches deep an reachin haufwey doon the haw.

Efter a meenit she heard the totey pitter-patter ae feet in the distance, an she quickly wiped her eyes tae see whit wis comin. It wis the White Rabbit comin back, dressed up tae the nines, wae a pair ae white kid-gloves in wan haun an a big fan in the ither: up he came trottin in a awfy hurry, mutterin tae himsel as he came, "Och! The Duchess, the Duchess! Och! She's gonnae *murder* me if ah've kept her waitin!" Alice wis that desperate bi noo she widdae asked jist aboot embdy fir help: so, when the Rabbit came near her, she said, in a wee, timid voice, "Err, 'scuse me, sir—" The Rabbit stairtit violently, drapped the white kid-gloves an the fan, an scurrit away intae the daurk fast as he could go.

Alice picked up the fan an gloves, an, seein as the haw wis roastin hot, kept fannin hersel aw the time she went oan talkin. "Help ma boab! Some day this is turnin oot tae be! An yesterday it wis jist business as usual. Wunner if ah've been turnt intae sumhin in the night? Well, hink aboot it: *wis* ah the same when ah goat up this moarnin? Ah mean, ah *hink* ah kin mind feelin a wee bit different. Bit then, if ah'm no the same, nex question is, 'Who am ah meant tae be, then?' Ach, *that's* the real puzzle!" An she stairtit thinkin aer aw the weans she knew that wir the same age as hersel, seein if she couldae been chinged fir ony ae them.

"Well, ah'm sure ah'm no Ava," she said, "she's goat her hair in thae ringlet hingmies, an ma hair's no like that at aw; an ah'm sure ah cannae be Mabel, cause ae aw soarts ae hings, an, well, ye know, she's no the full shillin. Onywey, *she's* her, an ah'*m* me, an—och, this is aw back-tae-front! Ah'll see if ah still know aw the hings ah used tae. Right, so: four fives are twelve, an four sixes are thirteen, an four sevens are—ach! Ah'll never git tae twinty at this rate! Well, times tables urnae the thing: Geography, that's mair like it, that's the verra dab. So, London's the capital ae Paris, an Paris is the capital ae Rome, an Rome—naw, that cannae be right either! Mebbe ah *hiv* been chinged fir Mabel! Ah'll try an say '*How does the little*—'," an she croasst her hauns oan her lap as if she wis sayin lessons, an stairtit tae repeat it, bit her voice wis awfy hoarse an stringe, an the wirds didnae seem tae come the wey they used tae:—

*"How does the little crocodile
Improve his shinin tail,
An pour the watters ae the Nile
Oan every golden scale!*

*"How cheerfully he seems tae grin,
How neatly spread his claws,
An welcome little fishes in,
Wae gently smilin jaws!"*

"Ah'm sure they're no the right wirds," said Alice, an her eyes stairtit tearin up again as she went oan, "Ah must be Mabel efter aw, an ah'll hiv tae go an live in that totey wee hoose, an hiv near enough nae toays tae play wae, an och, that mony lessons still tae dae! Nup, that's me made ma mind up aboot it: if ah'm Mabel, ah'm steyin doon here! It'll be nae skin aff ma nose their pittin their heids doon an sayin tae us 'Moan, hen, up ye come!' Ah'll jist look at them an say 'Who am ah, then? Tell us that first, an then, if ah like the soond ae bein whoever-it-is, ah'll come up: itherwise, ah'll jist wait doon here till ah'm somebdy else'—bit, then, dearie me!" Alice bubbled, wae a sudden burst ae tears, "Ah wish they'd hurry up an pit their heids doon! Ah'd fed up ae bein doon here aw bi masel!"

As she said this she looked doon at her hauns, an wis awfy surprised tae see she'd pit oan wan ae the Rabbit's white kid-gloves while she wis talkin. "How kin ah hiv managed *that?*" she thought. "Ah must be gittin wee-er again." She goat up an went tae the table tae measure hersel by it, an saw that, near enough as she could guess, she wis only aboot two fit high, an shrinkin aw the while: she soon fun oot it wis the fan she wis haudin makin her shrink, an she drapped it in a hurry, jist in time tae avoid shrinkin away awthegither.

"That wis awfy close!" said Alice, scairt bi the sudden chinge, bit gled tae find hersel still in the gemme. "Noo fir the gairden!" An she ran fast as she could back tae the wee door; bit wid ye believe it! the wee door wis shut again, an the wee golden key wis lyin oan the glass table like afore, "an things are worse than *ever*," thought the poor wee breidsnapper, "cause ah wis never as totey as this afore, never! S'past a joke, this!"

As she said this her fit slipped, an, afore she knew it, splash! she wis up tae her chin in salt-watter. Her first idea wis that she'd somehow managed tae faw intae the sea, "an

in that case ah kin jist catch the train back," she said tae
hersell. (Alice hid been tae the seaside bit wance in her life,
an hid come tae the conclusion that, wherever ye go oan the
Scottish coast, ye fun some bathin-machines in the sea, some
weans diggin in the sand wae widden spades, a row ae
lodging hooses, an ahint them a train station.) Bit she soon
worked oot she wis jist in the pool ae tears that she'd gret
when she wis nine fit high.

"Ah wish ah hidnae gret that much!" said Alice, as she
swum aroon, tryin tae find her wey oot. "Ah'm peyin fir it
noo, like, jist aboot droont in ma ain tears! That'll be a first,
win't it! Bit then, everythin's a first the day."

Jist then she heard somehin else splashin aboot in the pool
a wee bit away, an she swam nearer tae make oot whit it wis:
first she thought it must be a walrus or a hippo, bit then she
member't how wee she wis noo, an she soon made oot it wis
only a moose that'd slipped in like hersel.

"Wid it be worth a try, d'ye hink," thought Alice, "tae
speak tae this moose? Everythin's that back-tae-front doon
here, ye'd hink it's better'n evens it kin talk: an onyweys,
they cannae hing ye fir tryin." So she said: "O Moose, dae ye
know the wey oot ae this pool? Ah'm fair tired ae swimmin

aboot in here, O Moose!" (Alice thought that must be the right wey ae speakin tae a moose: she'd never done sich a thing afore, bit she membert hivvin seen in her brither's Latin Grammar, "A moose—ae a moose—tae a mouse—a moose—O moose!" The Moose lookt at her awfy curious, like, an seemed tae wink tae her wae wan ae its wee eyes, bit it never said anyhin.

"Mebbe it disnae unnerstaun Scots," thought Alice; "Bet ye anyhin it's a French moose, came aer wae William the Conqueror." (Alice, fir aw her knowledge ae history, hid nae particular notions aboot how long ago anyhin'd happened.) So she stairtit again: "Où est ma chatte?", which wis the first sentence in her French lesson-book. The Moose gave a sudden leap oot ae the watter, an seemed tae quiver aw aer wae fright. "Och, ah'm awfy sorry!" cried Alice hastily, scairt she'd hurt the poor hing's feelins. "Ah toatlly forgoat ye dinnae like cats."

"No like cats!" cried the Moose, in a shrill voice. "Wid *you* like cats if you wir me?"

"Well, mebbe no," said Alice in a soothing tone: "dinnae git yersel in a fankle aer it, but. Still, ah wish ah could show ye oor cat Dinah: ah hink ye'd mebbe chinge yer mind aboot cats if ye could only see her. She's such a good-naturt wee thing," Alice went oan, hauf tae hersel, as she swam lazily aboot in the pool, "an she jist sits there purrin that nice nex tae the fire, lickin her paws an washin her face—an she's sich a nice soaft thing tae pet—an she's *that* good at catchin mice—och, ah'm awfy sorry!" cried Alice again, fir this time the Moose wis bristlin aw aer, an she wis sure it must be awfy affrontit. "We'll no talk aboot her anymair if ye'd raither no."

"*We*, right enough!" cried the Moose, who wis tremblin doon tae the end ae its tail. "Zif *ah* wid staun aroon talkin

22

boot cats! Oor faimly ayeweys *hated* cats: clatty, mockit, sleekit things! Ah dinnae want tae hear that name again!"

"Aye, awright, cool the beans!" said Alice, hurryin tae chinge the conversation topic. "Are ye—are ye fond—ae—ae dugs?" The Moose didnae answer, so Alice went oan eagerly: "There's sich a nice wee dug near oor hoose, ah'd like tae show ye! A wee bright-eyed terrier, ye know, wae awfy long curly broon hair! An, like, it fetches things when ye throw them, an it sits up an begs fir its deenner, an aw soarts ae hings—ah cannae mind hauf ae them—an it's a fermer's dug, ye know, an he says it comes in right useful, it's worth a hunner poonds! He says it kills aw the rats an—aw naw!" cried Alice in a sorraeful tone, "Ah've done it again, hin't ah!" Cause the Moose wis swimmin away fae her fast as it could, an makin an awfy commotion in the watter as it went.

So she cawed soaftly efter it, "Moose, ma wee pal! Moan come back again, eh, an we'll no talk aboot cats, ur dugs either, if ye dinnae like them!" When the Moose heard this, it turnt roon an swam slowly back tae her: its face wis white as a sheet (wae passion, Alice thought), an it said, in a wee quiet voice, "Let's git tae the shore, eh, an then ah'll tell ye aw aboot it, aw aboot ma history, an ye'll unnerstaun how it is ah hate cats an dugs."

It wis time they goat a move oan onywey, cause the pool wis gittin awfy mobbed wae aw the birds an animals that'd fell intae it: there wis a Duck an a Dodo, a Lory an an Eaglet, an a few ither stringe soart ae creatures. Alice led the wey, an the whole pairty swam tae the shore.

CHAIPTER III

A Caucus-Race an a Lang Tale

Fir sure, they wir an awfy queer-lookin pairty that gaithert oan the bank—the birds wae bedragglt feathers, the animals wae their fur clingin tae them, an aw ae them drippin wet, wae faces like fizz.

The first question wis, how tae git dry again: they'd a wee blether aboot this, an efter a few meenits it seemed jist normal tae Alice tae staun there talkin wae them quite the hing, zif she'd known them aw her life. Fact, she goat hersel intae quite a wee hooley wae the Lory, wha eventually took the spur an goat huffy, an widnae say anither wird cept, "Aye, well, ah'm aulder than you, so ah wid know, *win't* ah." Bit Alice widnae accept this wioot knowin how auld it wis, an, seein as the Lory point-blank refused tae tell them her age, thir wis nuhin else tae say.

Eventually the Moose, wha seemed tae be the heid bummer oot the lot, shoutit oot, "Sit doon, aw ae yeez, an listen tae me! *Ah'll* soon hiv yeez dry enough!" They aw sat doon at

25

yince, in a big circle, wae the Moose in the middle. Alice kept her eyes fixed oan it anxiously, cause she wis sure she'd catch a bad cauld if she didnae git dry right soon.

"Hem!" said the Moose wae an air ae importance. "Yeez aw ready? Cause this is the driest hing ah know. Button it, youse! You inaw, cloy up! 'William the Conqueror, whase cause wis favourt bi the pope, wis soon submitted tae bi the English, whae wantit leaders, an hid been o late much accustomed tae usurpation an conquest. Edwin an Morcar, the earls ae Mercia an Northumbria—'"

"Ugh!" said the Lory, wae a shiver.

"Whit's that then!" said the Moose, frownin, bit awfy polite: "Did ye hiv sumhin ye wantit tae say?"

"No me!" said the Lory, quickly.

"Ah thought ye did," said the Moose. "Ah'll keep gawin. 'Edwin an Morcar, the earls ae Mercia an Northumbria, declar't fir him; an even Stigand, the patriotic airchbishop ae Canterbury, fund it advisable—'"

"Fund *whit*?" said the Duck.

"Fund *it*," the Moose snapp't it him: "ah mean, ah'm assuming ye know whit 'it' means."

"Ah know whit 'it' means right enough, when *ah* find sumhin," said the Duck: "maist times it's a frog, or a wirm. Question is, whit did the airchbishop fun?"

The Moose slung this a deafie, an went oan in an awfy rush, "'—fund it advisable tae go wae Edgar Atheling tae meet William an oaffer him the croun. William's conduct at first wis moderate. Bit the insolence ae his Normans—' How ye gittin oan noo, hen?" it went oan, turnin tae Alice as it spoke.

"Drookit as ever," said Alice in a melancholy tone: "it disnae seem tae dry me at aw."

"If that's the case," said the Dodo solemnly, gittin up tae its feet, "Ah move that the meeting adjourn, fir the immediate adoption ae mair energetic remedies—"

"Speak proaper Scots!" said the Eaglet. "Ah dinnae know whit hauf thae wirds mean, an, whit's mair, neither dae you!" An the Eaglet bent doon its heid tae hide a smile: some ae the ither birds tittert tae theirsels.

"Whit ah wis aboot tae say," said the Dodo in an afrrontit tone ae voice, "wis thit the best hing tae git us dry wid be a Caucus-race."

"Whit's a Caucus-race?" said Alice; no that she wis that bothert either wey, bit the Dodo hid stoapped zif tae say *somebdy* oaght tae say sumhin, an naebdy else wis fur pittin theirsels forwart.

"Well," said the Dodo, "the best wey tae explain it is tae dae it." (An, seeing as how ye might fancy hivvin a wee go at it yersel wan day, ah'll tell ye how the Dodo managed it.)

First it merked oot a race-course, in a kind ae circle, ("zact shape disnae matter," it said,) an then aw the pairty took thair places alang the course, here an there. Thir wis nane ae yer usual "Wan, two, three, go," business, they jist stairtit runnin when they felt like it, an stoapped when they felt like it, so's it wis nae easy hing tae work oot when the race wis feeneesht. Eventually, when they'd been runnin fir aboot hauf an hoor or that, an they wir aw dry again, the Dodo suddenly shoutit oot "The race is aer wi!", an they aw crowdit roon it, gaspin an askin, "Bit who won?"

This wis suhin the Dodo couldnae answer wioot hivvin a wee hink aboot it first, an it stood there fir a lang time wi wan finger presst against its foreheid (the wey ye see Shakespeare, like, in aw they picshures ae him), while the ithers aw waitit in silence. Eventually the Dodo said, "*Everybdy's* won, an *everybdy* gets a prize!"

"Bit wha's gonnae gie oot the prizes?" asked a chorus ae voices.

"Well, *her*, who'd ye hink," said the Dodo, pointin at Alice wae wan finger; an the hale pairty crowdit roon her at wance, shoutin oot, in a confused wey, "Prizes! Prizes!"

Alice hidnae a clue whit tae dae, an in despair she pit her haun in her poacket, an pulled oot a boax ae comfits, (the salt-watter hidnae goat intae it somehow), an haunit them oot as prizes. Thir wis jist enough fir wan a-piece aw roon.

"Bit she should be gittin a prize inaw, like," said the Moose.

"Goes wioot sayin," the Dodo replied awfy serious. "Whit else hiv ye goat in yer poacket?" it went oan, turnin tae Alice.

"Jist a thimble," said Alice sadly.

"Haun it aer, then," said the Dodo.

Then they aw crowdit roon her again, an the Dodo solemnly presentit her the thimble, sayin "We beg yir acceptance ae this elegant thimble"; an, when it'd feeneeshed its wee speech, they aw cheered.

Alice thought the hale thing wis a bit daft, bit they aw looked that serious she didnae dare laugh; an, seein as how she couldnae hink ae anyhin tae say, she jist bowed, an took the thimble, lookin as serious as she could.

Nex hing wis tae eat the comfits: bit this caused nae end ae laldy, the big birds moanin they couldnae taste theirs, an the wee yins chokin an needin pattit oan the back. Anywey, eventually it wis aw aer wi, an they sat doon again in a circle, an begged the Moose tae tell them somehin else.

"Ye said ye'd tell us yer histry, eh," said Alice, "an how come ye hate—C an D," she addit in a whisper, hauf feart it'd take the needle again.

"Och, ma tale's an awfy long yin, an sad!" said the Moose, turnin tae Alice, an sighin.

"It's lang enough, awright," said Alice, lookin doon at the Moose's tail wae wunner; "bit how's it sad?" An she kept oan puzzlin aboot it while the Moose wis talkin, so her idea ae the tale wound up suhin like this:—

"Fury said tae
a moose, That
he met in the
hoose, 'Let
us baith go
tae law: *ah*
will prose-
cute *ye*.—
Moan, ah'll
take nae de-
nial: We
needs hiv
a trial;
Cause really
this moarn-
in ah've
nowt else
tae dae.'
Said the
moose tae
the cur,
'Sic a
trial, guid
sir, Wae
nae jury
or judge,
wid
be wast-
in wur
breith.'
'Ah'll be
judge,
Ah'll be
jury,'
sade
cun-
nin
auld
Fury:
'Ah'll
try
the
hale
cause,
an
con-
demn
ye
tae
deith.'

"Ye're no even listenin!" said the Moose tae Alice huffily. "Ye're hinkin aboot suhin else!"

"Och, sorry, sorry," said Alice, awfy humble, like: "ye'd goat tae aboot the fifth bend, eh no?"

"Ye've no been listenin tae a single hing!" shoutit the Moose furiously.

"Tanglit string!" said Alice, ayeweys ready tae make hersel useful, an lookin anxiously aboot her. "Show us whaur it is an ah'll help ye!"

"That'll be shinin bright," said the Moose, gittin up an walkin awey. "Ye're jist takin the mick, noo!"

"Ah didnae mean it!" pleadit Alice. "Bit ye take the huff that easy, like!"

The Moose only growlt in reply.

"Och, moan back, eh, feeneesh yer story!" Alice shoutit efter it. An the ithers aw joint in in chorus, "Aye, moan back!" Bit the Moose only shook its heid impatiently, an walked a wee bit quicker.

"Whit a pity it widnae stey!" sighed the Lory, soon as it wis quite oot ae sight. An an auld Crab took the chance ae sayin tae her daughter "Och, hen! Hope ah never see *you* loasin the heid like that!"

"Clamp it, Maw!" said the wee Crab, a bit snappishly. "Ye'd try the patience ae an oyster, so ye wid!"

"Ah wish ah hid oor Dinah here, so ah dae!" said Alice alood, talkin tae naebdy in particular. "*She'd* hiv him back pronto!"

"An wha's Dinah, when she's at hame?" said the Lory.

Alice replied eagerly, cause she wis ayeweys up fur a blether aboot her pet: "Dinah's oor cat. An she's the best moose-catcher ye've ever seen! Honestly, ah wish ye could see her efter the birds! She'll jist eat a wee bird soon as look at it!"

This speech goat a fair reaction frae the assembly. Some ae the birds hurrit oaf straight away: wan auld Magpie stairtit wrappin itsel up awfy carefully, sayin, "Well, s'aboot time aw wis hittin the dusty trail; the nights are fair drawin in!" An a Canary cawed oot tae its weans in a tremblin voice, "Right youse lot, time tae go! That's well past yer bedtime!" Oan various pretexts they aw took aff, an Alice wis soon left oan her ding.

"Wish ah'd never even mentioned Dinah!" she said tae hersel in a melancholy tone. "Naebdy seems tae like her doon here at *aw*, even though she's the best cat in the wirld! Och, ma wee Dinah! Ah wunner if ah'll ever see ye again!" An here puir Alice stairtit tae greet again, cause she felt awfy lonely an doon-in-the-mooth. Efter a wee bit, she heard a patterin ae fitsteps in the distance, an she looked up eagerly, hauf hopin the Moose hid chinged his mind, an wis comin back tae feeneesh his story.

The Rabbit Sends in a Wee Bill

*I*t wis the White Rabbit, slowly trottin back again, an lookin anxiously aw aboot as it went, zif it'd loast somehin; an she heard it mutterin tae itsel "The Duchess! The Duchess! Aw ma wee paws! Aw ma fur an whiskers! She'll hiv me executit, sure as ferrets is ferrets! Whaur've ah droapped them, ah wunner?" Alice guessed right away it wis lookin fir the fan an the pair ae white kid gloves, an she good-naturtly stairtit huntin aboot fir them, bit they wir naewhere tae be seen—everythin seemed tae hiv chinged since her swim in the pool, an the big haw, wae the gless table an the totey door, hid vanished awthegither.

Soon enough the Rabbit noticed Alice, as she went huntin aboot, an shoutit oot tae her in an angry tone, "Haw, Mary Ann, whit *you* daein oot here? Oan ye go up the road, git us a pair ae gloves an a fan! Chop chop!" An Alice wis that much feart she ran right away in the direction it pointed, wioot tryin tae explain the mistake it'd made.

"He thought ah wis his hoosemaid," she said tae hersel as she ran. "He'll git the shock ae his life when he finds oot who ah'mur! Bit ah'd better take him his fan an gloves—if ah kin find them, ony roads." While she wis sayin this, she came up tae a neat wee hoose wae a bright brass plate oan the door an the name "W. RABBIT" engraved oan it. She went in wioot chappin, an hurrit up the stairs, scairt stiff case she met the real Mary Ann, an wis turnt oot ae the house afore she'd fun the fan an the gloves.

"Ye widnae credit it, eh," Alice said tae hersel, "me gaun messages fir a rabbit! Suppose it'll be Dinah'll sendin me oan messages next!" An she stairtit imaginin the soart ae thing that'd happen: "'Miss Alice! C'mere right away, an git ready fir yer walk!' 'Aye, ah'll no be a wee meenit, nurse! Bit ah've goat tae keep an eye oan this moose-hole till Dinah gits back, an make sure the moose disnae take a runner.' Well, cept fir the fact," Alice went oan, "that they'd no let Dinah stey in the hoose any mair if she stairtit bossin folk aboot like that!"

Bi this time she'd fun her wey intae a tidy wee room wae a table in the windae, an oan it (like she hoped) a fan an twa or three pairs ae totey white kid-gloves: she took the fan an a pair ae the gloves, an wis jist aboot tae leave, when her eye fell oan a teeny boattle that wis staunin near the lookin-gless. Thir wis nae label this time wae the wirds "DRINK ME", bit she opened it an pit it tae her lips onyweys. "*Suhin* interestin's bound tae happen," she said tae hersel, "whenever ah eat or drink anyhin; so ah'll jist see whit this boattle diz. Ah hope it'll make us grow big again, ah'm awfy fed-up ae bein sich a totey wee skelf!"

An it did make her grow, an much sooner than she'd expectit: afore she'd drunk hauf the boattle her heid pressin up against the ceilin, an she hid tae stoop tae stoap her neck fae gittin broke. She pit the boattle back doon hastily, sayin tae hersel "That's enough ae that—ah hope ah'm no gonnae grow any mair than this—Ah cannae git oot the door as it is—och, ah wish ah'd jist left it at a swig!"

Dearie me! Bit it wis too late tae wish fir that! She went oan growin, an growin, an soon enough she hid tae kneel doon oan the flair: in anither meenit thir wisnae even room enough fir that, an she tried tae lie doon wae wan elba gainst the door, an the ither erm curlt roon her heid. Still she went oan growin an, as a last resoart, she pit wan erm oot the windae, an wan fit up the chimney, an said tae hersel "That's aw ah kin dae aboot it, onyweys. Noo whit's gonnae happen tae me?"

Lucky fir Alice, the wee magic boattle hid hid its full effect, an she didnae grow ony bigger: bit it wis still awfy uncomfortable, an, seein as how thir seemed tae be nae chance ae her ever gittin oot the room again, it wis nae wunner she wis a bit fed-up.

"This is no real! It wis much nicer at hame," thought puir wee Alice, "when ye wirnae ayeweys growin bigger an wee-er, an gittin telt whit tae dae bi mice an rabbits. Ah sometimes wish ah'd never went doon that rabbit hole—bit then—bit then—it's awfy stringe, ye know, this kind ae life! Ah wunner whit's happened tae me! When ah used tae read fairy tales, ah thought stuff like that never really happened, an noo here ah'mur in the middle ae yin! Somedy needs tae write a book aboot me, so they dae! An when ah grow up, ah'll write yin— bit ah'm grown up awready," she addit in a sorraeful tone; "at least, thir's nae room tae grow up any mair in *here*."

"Bit then," thought Alice, "diz that mean ah'll never git any aulder than ah'mur the noo? That'd kind ae be awright, ye know—never tae be an auld wumman—bit then—ayeweys tae hiv lessons tae learn! Och, ah widnae hink much ae *that*!"

"Alice, ye daftie!" she answert hersel. "How kin ye dae lessons in here? Ah mean, there's hardly enough room fir *you*, never mind ony lesson-books or that!"

An so she went oan, takin first wan side an then the ither, an makin quite a wee blether oot ae it awthegither; bit efter a few meenits she heard a voice ootside, an stoapped tae listen.

"Mary Ann! Mary Ann!" said the voice. "Git me ma gloves right this meenit!" Then came a teeny wee patterin ae feet oan the stairs. Alice knew it wis the Rabbit comin tae look fir her, an she tremblt till she shook the hoose, totally forgettin she wis aboot a thoosan times bigger than the Rabbit noo, an hid nae reason at aw tae be feart ae it.

Eventually the Rabbit came up tae the door, an tried tae open it; bit, cause the door opened in-the-wey, an Alice's elba wis pressed up against it, that didnae work at aw. Alice heard it say tae itsel "Right! Then ah'll jist gaun roon an git in through the windae."

"Aye, *so* an ye will!" thought Alice, an, efter waitin till she thought she heard the Rabbit jist unner the windae, she suddenly spread oot her haun, an made a snatch in the air. She didnae git haud ae anyhin, bit she heard a wee shriek an sumhin fawin, an a crash ae broken gless, frae which she

36

worked oot that it wis jist possible it'd fell intae a cucumber frame, or that.

Nixt thir wis an angry voice—the Rabbit's—"Pat! Pat! Where ur ye?" An then a voice she'd never heard afore, "Sure an ah'm right here! Diggin fir aipples, yer honour!"

"Diggin fir aipples, ur ye!" said the Rabbit angrily. "Here! Moan help me oot ae *this*!" (Soond ae mair broken gless.)

"Right, Pat, *you* tell *me*, whit's that in the windae?"

"Sure, it's an erm, yer honour!"

"An erm, ya haufwit! Whaur'd ye ever see wan that size? Near enough takes up the full windae!"

"Sure, an it dis, yer honour: bit it's an erm aw the same."

"Well, there's nae need fir it bein there, anyroads: git it shiftit!"

Thir wis an awfy lang silence efter this, an Alice could only hear whispers noo an then; likesay, "Sure, an ah don't like it, yer honour, no wan bit, no wan bit!" "Dae whit ye're telt, you, ya big fearty!", an eventually she spread oot her haun again, an made anither snatch in the air. This time there wis *two* totety shrieks, an mair soonds ae broken gless. "There's a fair number ae cucumber-frames oot there, onywey!" thought Alice. "Ah wunner whit they're gonnae try next! If they *hink* they kin pull me oot the windae, well, ah'm aw fir it! S'no like ah want tae be stuck in here aw ma puff!"

She waitit fir a wee bit wioot hearin anythin else: eventually thir wis the rumblin ae cart-wheels, an the soond ae quite a few voices aw talkin thegither: she made oot the wirds: "Whaur's the ither ladder?—Well, ah wis telt jist the bring the yin. Bill's goat the ither wan—Bill! Bring it aer here, son!—Right, pit them up at this coarner—Naw, tie them taegither first—they're no even hauf the right height yit—Och! they'll hiv tae dae. We'll no be too choosy—Hoi, Bill! Catch haud ae this rope—Will the roof bear?—Watch that loose slate—Aw, it's comin doon! *Heids!*" (a lood crash)—"Right, who did that, then?—It wis Bill, nae prizes fir guessin—Wha's gaun doon the chimney, then?—Aye, that'll be right! *You* dae it!—Aye, chance'd be a fine thing!—Bill's goat tae go doon—Hoi, Bill! High heid yin says ye're tae go doon the chimney!"

"Oh aye! So Bill's goat tae come doon the chimney, eh?" said Alice tae hersel. "Seems like Bill's gittin hit wae an awfy loat these days! Ah widnae swap places wae him fir aw the tea in China: it's an awfy narra fireplace; bit ah *think* ah kin kick a wee bit!"

She pullt her fit s'faur doon the chimney as she could, an waitit till she heard a totey animal (she'd nae idea whit kind) scratchin an scramblin aboot in the chimney right above her: then, sayin tae hersel "This'll be Bill", she gave it wan sharp

kick, an waitit tae see whit wid happen next.

The first thing she heard wis a general chorus ae "There goes Bill!" then the Rabbit's voice by itsel—"Catch him, you aer bi the hedge!" then silence, an then another confusion ae voices—"Haud up his heid—Brandy noo—Don't choke him—How ye daein, wee man? Whit happened tae ye? Tell us aw aboot it!"

Last came a tiny wee feeble, squeakin voice ("That's Bill," thought Alice), "Well, ah hardly know masel—Na, that's enough fir me, thanks ; ah'm better noo—bit ah'm that up tae high-doh ah dunno whit tae tell ye—aw ah know is, suhin comes oot at me like a Jack-in-the-boax, an up ah goes like a sky-rocket!"

"Ye did inaw, wee man!" said the ithers.

"We'll hiv tae burn the hoose doon!" said the Rabbit's voice. An Alice shoutit oot, loud as she could, "Dae that, an ah'll set Dinah oan ye!"

Thir wis a dead silence straight away, an Alice thought tae hersel, "Ah wunner whit they'll dae noo! If they'd the sense they wir boarn wae, they'd take the roof oaf." Efter a meenit or twa, they stairtit movin aboot again, an Alice heard the Rabbit say, "A barraful'll dae, tae stairt wae."

"A barraful ae *whit*?" thought Alice. Bit she'd no lang tae wait fore she fund oot, fir nix thing she knew a shooer ae tiny pebbles came rattlin in at the windae, an some ae them hit her right in the coupon. "Right, this is gittin soartit," she said tae hersel, an shoutit oot, "Dae that again an yer tea's oot!", producin anither dead silence.

Alice noticed, wae surprise, that the pebbles wir aw turnin intae tiny cakes as they lay oan the flair, an a bright idea came intae her heid. "If ah eat wan ae these cakes," she thought, "it's goat tae make *some* difference tae ma size; an seein as it cannae exactly make me any bigger, it's *goat* tae make me wee-er, ye'd hink."

So she swallaed wan ae the cakes, an wis fair delightit tae find that she stairtit shrinkin straight away. Soon as she wis wee enough tae git through the door, she ran oot the hoose, an fun a fair auld crood ae wee animals an birds waitin ootside. The puir wee Lizard, Bill, wis in the middle, bein held up bi twa guinea-pigs, who wir giein it somehin oot ae a boattle. They aw made a rush at Alice the meenit she appeart; bit she ran away as hard as she could, an soon fun hersel safe in a thick wid.

"First hing ah've goat tae dae," said Alice tae hersel, as she waunert aboot in the wid, "is tae grow tae ma right size again; an the second hing is tae fun ma wey intae that bonny gairden. Ah hink that'll be the best plan."

It soundit like an awfy guid plan, nae doot, an weel thought oot; only hing wis, she hidnae the first idea how tae set aboot it; an, while she wis peerin aboot anxiously in the trees, a sharp wee bark jist aer her heid made her look up in an awfy hurry.

A gigantic puppy wis lookin doon at her wae big roon eyes, an feebly stretchin oot its paw, tryin tae touch her. "Puir wee thing!" said Alice, in a gentle tone, an she tried hard tae whistle tae it; bit she wis awfy scairt the whole time at the thought it might be hungry, in which case it wid jist as likely eat her up in spite ae aw her coaxin.

Hardly knowin whit she wis daein, she picked up a wee bit ae stick, an held it oot tae the puppy: then the puppy jumped intae the air aff aw its feet at wance, wae a yelp ae delight, an rushed at the stick, an actit like it wis worryin it: then Alice dodged ahint a big thistle, tae keep hersel fae gittin run aer; an, the meenit she appeart oan the ither side, the puppy made anither rush at the stick, an tumbl't heid ower heels in its hurry tae git haud ae it: then Alice, thinkin it wis awfy like hivvin a game ae play wae a cairt-hoarse, an expectin every meenit tae be trampl't unner its feet, ran roon the thistle again: then the puppy stairtit a series ae wee charges at the stick, runnin a wee bit furwirds each time an then a lang wey back, an barkin hoarsely aw the while, till eventually it sat doon a wee bit away, pantin, wae its tongue hingin oot, an its big eyes hauf shut.

This seemed tae Alice a guid chance tae be offski: so she set oaf at wance, an ran till she wis shattered an oot ae breath, an the puppy's bark wis faint in the distance.

"Och, it wis awfy cute, but!" said Alice, as she leant against a buttercup tae rest hersel, an fanned hersel wae wan ae the leaves. "Ah'd hiv liked tae've been able tae teach it some tricks, if—if ah'd only been size enough tae dae it! Dearie me! Ah nearly forgoat ah've goat tae grow up again! Let's see—how'm ah gonnae manage it? Spose ah should fun sumhin tae eat or tae drink; bit then the big question is 'Whit?'"

The big question wis "Whit?" right enough. Alice looked aw roon her at the flooers an the blades ae grass, bit she couldnae see anythin that looked like the right hing tae eat or drink unner the circumstaunces. Thir wis a big mushroom growin near her, boot the same height as hersel; an, when she looked unner it, an oan baith sides ae it, an ahint it, it occurred tae her she might as well look an see whit wis oan toap ae it.

She stretched hersel up ontae her tippy-toes, an peeped aer the edge ae the mushroom, an met the eyes ae a big blue caterpillar that wis sittin oan the toap, wae its erms foldit, quietly smoking away at a long hookah, an peyin no the slightest bit ae attention tae her or anythin else.

C H A I P T E R V

Advice fae a Caterpillar

*T*he Caterpillar an Alice looked at each ither in silence
fir a wee while: then the Caterpillar took the hookah
oot ae its mooth, an spoke tae her in a sleepy kind ae voice.

"Who ir *you?*" said the Caterpillar.

It wisnae the maist encouraging stairt tae a conversation.
Alice answert, awfy shy, like, "Ah—ah'm no sure masel the
noo, tae be honest wae ye—ah mean, ah know who ah used
tae be, when ah goat up this moarnin, bit ah hink ah must ae
chinged that mony times since then."

"Whit d'ye mean, whit d'ye *mean?*" said the Caterpillar,
loassin the rag. "Explain yersel!"

"Ah cannae explain masel, ye see," said Alice, "cause ah'm
no masel, ye see."

"Naw, ah don't see," said the Caterpillar.

"Well, ah cannae explain it any better than that," Alice
answert awfy politely, "ah cannae really unnerstaun it masel,

43

tae tell ye the truth; an bein that mony different sizes in wan day is awfy vexin."

"Naw it's no," said the Caterpillar.

"Well, mebbe no tae you—yit," said Alice; "bit when *you've* tae turn intae a chrysalis—an ye will wan day, ye know—an then intae a butterfly efter that, you'll feel a bit *queer* aboot it then, win't ye?"

"No wan bit," said the Caterpillar.

"Awright, mebbe ye'll no," said Alice; "aw ah know is, if it wis me, ah wid feel awfy weird aboot it."

"You!" said the Caterpillar wae contempt. "An who ir *you?*"

An that wis them right back tae the stairt ae the conversation. Alice wis gittin a wee bit peeved at the Caterpillar's only answerin in *very* short remarks, an she drew hersel up an said, awfy seriously, "Ah hink you should tell me who *you* ir, first."

"How?" said the Caterpillar.

That wis anither puzzle; an, seein as Alice couldnae hink ae a good reason, an seein as the Caterpillar seemed tae be right oot ae soarts, she turnt away.

"Moan back!" the Caterpillar shoutit efter her. "Ah've suhin important tae tell ye!"

Thae soundit a bit mair like it, onywey. Alice turnt roon an came back again.

"Screw the boabbin, eh," said the Caterpillar.

"Is that *it?*" said Alice, tryin her best tae keep a lid oan it.

"Nup," said the Caterpillar.

Alice though she might as well jist wait, seein's she hid nuhin else tae dae, an ye never know, mebbe it'd say suhin wirth the hearin. Fir a wee meenit it puffed away wioot speakin; bit eventually it unfoldit its erms, took the hookah oot its mooth again, an said, "So ye hink ye've chinged, dae ye?"

"Ah dunno how else tae pit it," said Alice; "Ah cannae member hings the wey ah used tae—an ah cannae even stey the same size fir mair'n ten meenits!"

"Cannae remember *whit* hings?" said the Caterpillar.

"Like, ah've tried tae say '*How doth the little busy bee*', bit it aw came oot different!" Alice answert, awfy doon-hertit.

"Repeat, '*Ye're auld, Faither William*'," said the Caterpillar.

Alice clesped her hauns, an stairit:—

"Ye're auld, Faither William," the young boay seid,
    "An yer hair has become awfy white;
An yit ye incessantly staun oan yer heid—
    Dae ye hink, at your age, it is right?"

"In ma youth," Faither William replied tae his son,
    "Ah feart it might injure ma brain;
Bit, noo that ah'm totally sure ah've goat none,
    Och, ah dae it again an again."

"Ye're auld," said the youth, "as ah mentiont afore,
 An ye've grown maist uncommonly fat;
Bit ye turnt a back-somersault in at the door—
 Like, whit is the reason ae that?"

"In ma youth," said the sage, as he shook his grey locks,
 "Ah kept aw ma limbs awfy supple
Bi the use ae this ointment—yin shillin the boax—
 D'ye want me tae sell ye a couple?"

"Ye're auld," said the youth, "an yir jaws ir too weak
  Fir anyhin tougher than suet;
Bit ye feeneesht the goose, wae the bones an the beak—
  Like, how did ye manage tae dae it?"

"In ma youth," said his faither, "Ah took tae the law,
  An argued each case wae ma wife;
An the muscular strength that it gave tae ma jaw,
  His lestit the rest ae ma life."

"Ye're auld," said the youth, "ye wid herdly suppose
   That yer eye wis as steady as ever;
Bit ye balanced an eel oan the end ae yer nose—
   Whit made you so awfully clever?"

"Ah've ainswert three questions, an that is enough,"
   Said his faither; "don't gie yersel airs!
Dae ye hink ah kin listen aw day tae this stuff?
   Oan ye go, or git kicked doon the stairs!"

"That disnae seem right," said the Caterpillar.

"Naw, it disnae, dis it," said Alice, quietly: "some ae the wirds hiv goat chinged."

"It's a load ae rubbish fae stert tae finish," said the Caterpillar, firmly; an thir wis silence fir a few meenits.

The Caterpillar wis the first tae speak.

"Whit size dae ye want tae be?" it asked.

"Aw, ah'm not that fussed aboot size," Alice answert hastily; "ah jist don't like chingin aw the time, ye know."

"*Ah* don't know," said the Caterpillar.

Alice didnae say anyhin: she'd never been contradicted sae much in aw her days, an wis really stairtin tae loase the heid.

"Ye fine wae it the noo?" said the Caterpillar.

"Well, ah widnae mind bein a *wee* bit bigger, if it's aw the same tae you," said Alice: "three inches isnae exactly ma ideal height."

"Whit's wrang wae bein three inches?" said the Caterpillar, rearin itsel up as it spoke (it wis exactly three inches high).

"Bit ah'm no used tae it!" pleadit puir Alice in a piteous tone. An she thought tae hersel, "Ah wish these folk widnae take the pet sae easy!"

"Ye'll git used tae it eventually," said the Caterpillar; an it pit the hookah intae its mooth an stairtit smokin again.

This time Alice waitit patiently fir it tae speak again. Efter a meenit ir two the Caterpillar took the hookah oot its mooth, an yawned wance ir twice, an shook itsel. Then it goat doon oaf the mushroom, an crawlt away intae the gress, sayin as it went, "Wan side'll make ye taller, an the ither side'll make ye shorter."

"Wan side ae *whit*? The ither side ae *whit*?" thought Alice tae hersel.

"Ae the mushroom," said the Caterpillar, zif she'd asked it oot loud; an, afore she knew it, it wis oot o sight.

Alice looked thoughtfully at the mushroom fir a while, tryin tae work oot whit bits wir the two sides ae it; an, seein as how it wis completely roon, she fun it a hard question tae answer. Eventually she stretched her erms aroon it as faur as they wid go, an broke aff a bit o the edge wae each haun.

"Noo, which is which?" she said tae hersel, an nibbled a wee tait ae the right-haun bit tae try it oot. Next hing she felt wis a fair auld cloot unner her chin: it'd clattered intae her fit!

She wis awfy feart bi how suddenly she'd chinged, bit she knew there wis nae time tae waste, cause she wis shrinkin rapidly: so she goat horsed intae the other bit ae mushroom right awa. Her chin wis that close tae her fit, there wis hardly enough room tae open her mooth; bit she managed it onywey, an wis able tae git doon a wee morsel ae the left-haun bit.

*   *   *   *
    *   *   *
*   *   *   *

"Ya dancer! That's ma heid free again!" said Alice in a tone ae delight, which chinged intae alarm in anither short meenit, when she realized that her shoolders wir naewhere tae be seen: aw thir wis, when she looked doon, wis wan lang enormous length ae neck, that came up like a stalk oot ae a sea o green leaves faur beneath her.

"Whit's aw that green stuff, then?" said Alice. "An where's ma shoolders goat tae? An och! Ma puir wee hauns! How kin ah no see ye?" She wis movin her hauns aboot as she spoke, bit nuhin seemed tae happen, cept a wee bit o shakin in the distant green leaves.

Seein as how thir wis nae chance ae her gittin her hauns up tae her heid, she tried tae git her heid doon tae her hauns insteid, an wis fair chuffed when she realized her neck wid bend easily aboot in ony direction, like a serpent's.

She'd jist aboot managed tae git it curvin doon intae a graceful kind ae zigzag, an wis aw aboot tae dive intae the leaves, which she'd realized wir nuhin else bit the toaps o the trees she'd been waunnerin unner afore, when a sherp hiss made her draw back in a hurry: a gigantic doo hid flown right up intae her face, an wis beatin her violently wae its wings.

"Serpent!" screamt the Doo.

"Ah'm *no* a serpent!" said Alice, affrontit. "Git aff us!"

"Serpent, ah tell ye!" repeatit the Doo, bit in a mair subdued kind ae tone, afore addin wae a sort o sob, "Ah've tried everythin, bit nuhin seems tae work!"

"Eh? Whit ye bumpin yer gums aboot?" said Alice.

"Ah've tried tree-roots, an ah've tried banks, an ah've tried hedges," the Doo went oan, no listenin; "bit they serpents! Thir's jist nae pleasin them!"

Alice wis mair an mair puzzlt, bit she didnae hink thir wis much point in sayin onyhin else till the Doo wis feeneesht.

"Zif it wisnae trouble enough hatchin oot the eggs," said the Doo; "bit then ah've goat tae keep an eye oot fir serpents day an night! Ah've hardly slept a wink in three weeks!"

"Och, that's a wee sin, so it is," said Alice, who wis stairtin tae see where it wis comin fae.

"Then jist as ah've set up shoap in the biggest tree in the foarest," went oan the Doo, its voice raisin tae a shriek, "an *jist* as ah'm thinkin tae masel, well, that's me seen the last ae them, whit comes wrigglin doon fae the sky bit—nae prizes fir guessin—*anither* serpent! Ugh. *Serpents!*"

"Bit ah keep telling ye, ah'm *no* a serpent!" said Alice. "Ah'm a—ah'm a—"

"Aye, heard it! So *whit* ir ye, then?" said the Doo. "Ye're jist tryin tae make suhin up oan the spot, in't ye?"

"Ah—ah'm a wee lassie," said Alice, a bit dubiously, mindin the nummer ae chinges she'd went through that day.

"An the band played believe it if ye like!" said the Doo, in a tone ae total contempt. "Ah've seen plenty o wee lassies aer the years, bit never wan wae a neck like that! Aw, naw! Ye're a serpent; an thir's nae use denyin it. Next ye'll be telling me ye've never sae much as tastit an egg!"

"Ah've tastit eggs, awright," said Alice, who wis an awfy truthful wean; "bit wee lassies eat eggs jist the same as serpents, ye know."

"Ah don't believe ye," said the Doo; "bit if they dae, well, they're a kind ae serpent inaw: that's aw ah've goat tae say."

That wis such a new idea tae Alice that she shut up totally fir a meenit or two, an that gave the Doo the chance tae add, "Ye're lookin fir eggs, onywey, that much ah *dae* know; so whit odds is it tae me whether ye're a wee lassie or a serpent?"

"Well it's odds tae *me*," said Alice quickly; "bit ah'm no lookin fir eggs ony roads; an even if ah wis, ah widnae touch *yours*: ah don't like them raw."

"Awright then; well, beat it!" said the Doo huffily, settlin doon again intae its nest. Alice crouched doon among the trees best she could, bit her neck kept gittin tangl't in wae the branches, an every noo an then she hid tae stoap an untwist it. Efter a while she membert she still hid the pieces ae mushroom in her hauns, an she set tae work awfy carefully, nibbling away at wan then at the ither, an growin a wee bit bigger, then a wee bit wee-er, till she'd goat hersel doon tae her usual height.

It wis that lang since she'd been anywhere near her right size, that it felt awfy stringe at first; bit she goat used tae it afore lang, an stairtit talkin tae hersel, as usual. "Right, there's the first hauf ae ma plan done awready! Och, ah'll never git used tae aw these chinges! Ah'm never sure whit ah'm gonnae be next, fae wan meenit tae anither! Anyweys. Ah've goat back tae ma right size: nex hing is, tae git intae that bonny gairden—noo how'm ah supposed tae manage *that*?" As she said aw this, she came suddenly tae an open place, wae a wee hoose in it aboot fower fit high. "Whoever it is lives there," though Alice, "it'd no be the thing tae go up tae them *this* size: they'd git the fright ae their lives!" So she stairtit nibblin at the right-haun bit again, an didnae even hink ae gaun near the hoose till she wis doon tae aboot nine inches.

CHAIPTER VI

Pig an Pepper

Fir a meenit or two she stood there lookin at the hoose, an wunnerin whit tae dae next, when aw ae a sudden a flunkey in livery came runnin oot ae the wid—(she guessed he wis a flunkey cause he wis in livery: itherwise, judgin bi his face, she'd hiv guessed he wis a fish)—an rapped loodly at the door wae his knuckles. It wis opened bi anither flunkey in livery, wae a roon face, an big eyes like a frog; an baith flunkeys, Alice noticed, hid powdert hair that curled aw aer their heids. She wis fair gaspin tae know whit it wis aw aboot, an she crept a wee bit oot fae the wid tae listen.

The Fish-Flunkey stairtit bi producin fae unner his oxter a huge letter, nearly as big as himsel, an haundin it aer tae the ither yin, sayin, in an awfy solemn tone, "Fir the Duchess. An invitation fae the Queen tae play croquet." The Frog-Flunkey repeatit, in the same solemn tone, only chingin the order ae the wirds a bit, "Fae the Queen. An invitation fir the Duchess tae play croquet."

Then they baith bowed low, an their curls goat tangl't thegither.

Alice laughed that much she hid tae run back intae the wid fir fear ae their hearin her; an when nex she peeped oot the Fish-Flunkey wis away, an the ither yin wis sittin oan the grun nex tae the door wis a doatery look oan its face, starin up intae the sky.

Alice went quietly up tae the door, an chapped it.

"Thir's no really much point in yer chappin the door," said the Flunkey, "an ah'll tell ye how. First, ah'm oan the same side ae the door as you ir: second, they're makin that much ae a rammy in there, naebdy'll ever hear ye." An right enough thir *wis* an awfy kind ae stushie gaun oan in there—

constant howlin an sneezin, an every noo an then a big crash, zif a dish ir a kettle hid been smashed intae pieces.

"Awright then," said Alice, "how'm ah sposed tae git in?"

"Thir might be some point in yer chappin the door," the Flunkey went oan, throwin her the rubber ear, "if the door wis atween us. Likesay, if you wir *inside*, ye might chap, an ah could lit ye oot, eh." He wis lookin up intae the sky the whole time he wis talkin, which Alice thought wis right ignorant. "Bit mebbe he cannae help it," she said tae hersel; "his eyes are near enough right oan the tap ae his heid. Bit he could still gie a civil question a civil answer.—How'm ah sposed tae git in?" she said again, alood.

"Ah'll jist sit right here," the Flunkey remarked, "till the morra moarnin—"

Jist then the door ae the hoose opened, an a huge plate came skimmin oot, right at the Flunkey's heid: it jist skiffed his nose, an smashed tae bits gainst wan ae the trees ahint him.

"—or mebbe the day efter," the Flunkey went oan in the same tone ae voice, zif nuhin hid happened.

"How'm ah sposed tae git in?" asked Alice again, even looder.

"Well, *ir* ye sposed tae git in?" said the Flunkey. "That's the question ye should really be askin yersel, is it no?"

True enough, it wis: bit Alice didnae like tae be telt. "S'a pain in the neck, so it is," she muttert tae hersel, "the wey aw these creatures argue wae ye. It'd drive ye aff yer heid!"

The Flunkey seemed tae think this wis a guid opportunity tae repeat his remark, wae variations. "Ah'll jist sit here," he said, "oan an aff, fir days an days."

"Bit whit'm *ah* sposed tae dae?" said Alice.

"S'up tae you, in't it," said the Flunkey, an he stairtit whistlin.

"Och, thir's nae point even *talkin* tae this hey-you," said Alice, affrontit: "there's storm damage there, right enough!" An she opened the door an went straight oan in.

The door led intae a lerge kitchen, which wis full ae smoke fae wan end tae the ither: the Duchess wis sittin oan a three-leggit stool in the middle, nursin a bairn: the cook wis leanin aer the fire, stirrin a big cauldron that looked like it wis full ae soup.

"Thir's enough pepper in the soup onywey, that's fir sure!" Alice said tae hersel in atween sneezes.

Thir wis enough ae it in the *air*, that wis certain. Even the Duchess sneezed fae time tae time; an as fir the bairn, it wis sneezin an greetin an greetin an sneezin wioot pausing fir breath. The only two hings in the kitchen that wirnae sneezing wir the cook an a big cat that wis lyin nex tae the hearth an grinnin fae ear tae ear.

"Scuse me," said Alice, a wee bit shy, cause she wisnae sure whether it wis the done thing tae speak afore she wis spoke tae, "How come yer cat's grinning like that?"

"It's a Cheshire-Cat," said the Duchess, "That's how. Pig!" She said the last wird wae sich force that Alice nearly jumped oot her skin; bit she realized efter a meenit the Duchess'd been talkin tae the bairn, no tae her, so she took courage, an stairtit up again:—

"Ah didnae know Cheshire-Cats eyeweys grinned; fact, ah didnae know cats *could* grin."

"They kin aw grin," said the Duchess; "an maist ae them dae."

"Aw don't know any that dae," Alice said awfy politely, pleased wae hersel fir hivvin struck up a conversation.

"Ye don't know much, dae ye," said the Duchess; "nae *nae* kiddin."

Alice wisnae at aw keen oan the tone ae this remark, an though it'd be as well tae chinge the subject. While she wis staunin there tryin tae come up wae sumhin tae say, the cook took the cauldron ae soup oaf the fire, an stairtit throwin *everythin* she could reach at the Duchess an the wean—the fire-irons first; then a shooer ae saucepans, plates, an dishes. The Duchess took nae notice ae them even when they banjoed her; an the bairn wis girnin that much awready, ye could hardly tell if the plates an that wir hittin it.

"Jeez oh, watch whit ye're daein!" shoutit Alice, jumpin up an doon in terror. "Och, his *precious* wee nose!", as a specially big saucepan wheecht by an nearly took it right aff.

"If everybody mindit their ain business," the Duchess said, in a hoarse growl, "the wirld wid go roon a loat faster."

"No that *that* wid dae any guid," said Alice, who wis fair puffed-up at the chance tae show aff her brains. "Jist hink whit a mess it'd make ae day an night! See, right, the irth takes twenty-fower oors tae turn oan its axis—"

"Speakin ae axes," said the Duchess, "chop oaf her heid!"
Alice shot a worried glance at the cook, tae see if she wis up
fir takin the hint; bit the cook wis busy stirrin the soup, an
didnae seem tae be listenin, so she stairtit up again:
"Twenty-fower oors, ah *think*; or is it twelve? Ah—"

"Och, haud yer wheesht, you!" said the Duchess. "Ah never
did hiv a heid fir figures!" An wae that she stairtit nursin her
wean again, singin a sort ae lullaby tae it as she did, an giein
it an awfy violent shake at the end ae every line:—

"Speak roughly tae yer little boay,
An beat him when he sneezes:
He only diz it tae annoay,
Because he knows it teases."

CHORUS
(wae the cook an the wean baith jinin in):—
"Wow! wow! wow!"

When the Duchess sang the second verse ae the song, she
kept flingin the bairn up an doon in the air, an the puir wee
thing gret that much Alice could hardly hear the wirds:—

"Ah speak severely tae ma boay,
Ah beat him when he sneezes;
Fir he kin thoroughly enjoay
The pepper when he pleases!"

CHORUS
"Wow! wow! wow!"

"Here! You kin take him fir a bit, if ye want!" the Duchess
said tae Alice, chuckin the wean at her as she spoke. "Ah
need tae go git ready tae play croquet wae the Queen," an she
dottit oot ae the room. The cook threw a fryin-pan efter her
as she went oot, bit it jist missed her.

Alice nearly droappt the bairn as she caught it. It wis sich a queer-shaped wee hing, an haudin oot its erms an legs aw aer the place, "jist like a star-fish," thought Alice. The puir wee breidsnapper wis snortin like a steam-engine when she caught it, an kept doublin itsel up an straightenin itsel oot again, so that it wis as much as Alice could dae, fir the first couple ae meenits, tae keep fae droappin it.

Soon as she'd made oot the best wey ae nursin it (twistin it up intae a kind ae knoat, then keepin tight haud ae its right ear an its left fit, so's tae stoap it undaein itsel), she cairrit it oot intae the open air. "F'ah don't take the wean away wae me," thought Alice, "it'll no last twa meenits in there; it'd be as guid as a hingin tae leave the wee hing there." She said they last wirds oot lood, an the wean gruntit in reply (it'd stoappt sneezin bi noo). "Dinnae grunt," said Alice; "If ye've sumhin tae say, say it proaper."

The baby gruntit again, an Alice looked intae its face awfy anxiously tae see whit wis the matter. Its nose wis *awfy* turnt-up, thir wis nae two weys aboot it, mair like a snout than a nose: plus its eyes wir gettin awfy wee fir a wean's: Alice wisnae too enamourt wae the look ae the thing at aw. "Bit mebbe it wis only greetin," she thought, an looked intae its eyes again, tae see if thir wis any tears.

Nup, thir wirnae ony tears. "Noo, if ye're gonnae turn intae a pig, wee yin," said Alice, awfy serious, "Ah'm wantin nothing else tae dae wae ye. Ye hear me?" The puir wee thing sobbed again (or gruntit mebbe, it wis hard tae say), an they went oan walkin fir a while in silence.

Alice wis jist stairtin tae think tae hersel, "Noo this is aw verra well an good, bit whit'm ah sposed tae dae wae it when ah git back tae ma bit?" when it gruntit again, that violently she looked doon intae its face in alarm. This time thir wis nae two weys aboot it: it wis nuhin mair nir less than a pig, an it wid be daft tae keep oan cairryin it wae her.

So she pit the wee hing doon, an wis fair relieved tae see it trot away quietly intae the wids. "If it'd grown up," she said tae hersel, "it'd hiv been an awfy ugly wean: bit fir a pig, ye know, it's a right wee doll." An she stairtit thinkin aboot the ither folk she knew that might dae no bad fir themsels as pigs, an wis jist sayin tae hersel, "if ah only knew the right wey tae go aboot turnin them—" when she goat the fright ae her life, seein the Cheshire-Cat sittin oan a tree branch a couple ae yards away.

The Cat jist grinned when it saw her. It looked good-naturt enough, she thought: still, it hid *awfy* long claws an a fair amount ae teeth, so she thought it might no be the worst idea tae treat it wae respect.

"Cheshire-Puss," she stairit, hesitatin, cause she wisnae sure whether or no it wid like the name: bit it only grinned a wee bit wider. "Okiedokie, that seemed tae go aer awright,"

thought Alice, an she went oan. "Ah don't spose ye could tell us whit wey ah should go fae here?"

"Well, that depends oan where it is ye want tae go," said the Cat.

"Ah'm no that bothert—" said Alice.

"Disnae matter whit wey ye go then, dis it?" said the Cat.

"—s'long as ah git *somewhere*," Alice addit bi explanation.

"Och, ye're sure tae dae that," said the Cat, "if ye only walk faur enough."

Alice couldnae really argue wae this, so she tried anither tack. "Whit kind ae fowk live aboot here?"

"*That* wey," the Cat said, wavin its right paw, "is the Hatter's hoose: an *that* wey," wavin the ither paw, "is the Merch Hare's hoose. Go whitever wey ye like: they're baith aff their heid."

"Bit ah don't want tae meet fowk that's aff their heid," Alice said.

"Cannae be helped," said the Cat: "we're aw aff oor heid here. Ah'm aff ma heid. You're aff yer heid."

"How d'ye know ah'm aff ma heid?" said Alice.

"Ye must be," said the Cat, "or ye widnae be here."

Alice didnae hink that proved anythin: bit she went oan onywey "An how d'ye know you're aff yer heid?"

"First thing's first," said the Cat, "a dug's no aff its heid. Is it?"

"Don't hink so," said Alice.

"Awright then," the Cat went oan, "so a dug growls when it's pit oot an wags its tail when it's happy. Bit *ah* growl when ah'm happy, an wag ma tail when ah'm pit oot. So ah must be aff ma heid."

"*Ah'd* caw it purrin, no growlin," said Alice.

"Caw it whitever ye like," said the Cat. "Ye playin croquet wae the Queen the day?"

"Well, ah'd like tae," said Alice, "bit ah've no been asked."

"Ah'll see ye there," said the Cat, an vanisht.

Alice wisnae awfy surprised at this, she wis gittin that used tae weird hings happenin. While she wis still lookin at the place where it'd been, the Cat suddenly appeart again.

"Oh, by-the-by, whit happened tae the wean?" said the Cat. "Ah near enough forgoat tae ask."

"It turnt intae a pig," Alice answert quietly, jist as if the Cat'd came back in a normal wey.

"Thought it wid," said the Cat, an vanisht again.

Alice waitit a wee meenit, hauf expectin tae see it again, bit it didnae come back, an eventually she walked oaf in the direction the Merch Hare wis sposed tae live. "Ah've seen hatters afore," she said tae hersel; "the Merch Hare'll be much mair interestin, an mebbe cause it's May it'll no be totally aff its heid—at least no as much as it in Merch." As

she said this, she looked up, an there wis the Cat again, sittin oan the branch ae a tree.

"See earlier, did you say 'pig', or 'fig'?" said the Cat.

"Ah said 'pig'," replied Alice; "an ah wish ye'd stoap wae aw the appearin an disappearin aw ae a sudden: ye've goat ma heid birlin!"

"Aye, awright," said the Cat; an this time it vanisht awfy slowly, stairtin wae the end ae its tail, an feeneeshin aff wae its grin, which steyed there fir a wee while efter the rest ae it wis away.

"Well! Ah've seen plenty ae cats wioot grins," thought Alice; "bit a grin wioot a cat! That's a first!"

She'd no went that much further afore she saw the hoose ae the Merch Hare: she thought it must be the right hoose, cause the chimneys wir shaped like ears an the roof wis thatched wae fur. It wis that big a hoose she didnae want tae go any nearer till she'd nibbled some mair ae the left-haun bit ae mushroom, an brought hersel up tae aboot twa fit high: an even then she walked up tae it awfy timidly, sayin tae hersel "Spose it's aff its heid efter aw! Ah'm startin tae wish ah'd went tae see the Hatter insteid!"

CHAIPTER VII

A Mad Tea-Pairty

Thir wis a table set oot unner a tree in front ae the hoose, an the Merch Hare an the Hatter wir hivvin tea at it: a Dormoose wis sittin atween them, oot like a light, an the ither twa wir restin thir elbas oan it, an talkin aer its heid. "That cannae be comfy fur the Dormoose," thought Alice, "bit ah suppose if he's hivvin a kip he'll no be bothert."

The table wis a big yin, bit the three ae them wir aw crowdit thegither at wan coarner ae it. "Nae room! Nae room!" they shoutit when they saw Alice comin. "Thir's *loads* ae room!" said Alice, awfy peevish, an she plumpt hersel doon oan a big ermchair at wan end ae the table.

"Hiv some wine," the Merch Hare said, encouraginly.

Alice looked aw aer the table, bit thir wis nuhin else oan it cept tea. "Ah cannae see ony wine," she said.

"Nae wunner, we've no goat ony." said the Merch Hare.

"Whit ye oafferin us some fir, then?" Alice said, beelin.

"Whit *you* sittin doon fir wioot bein asked?" said the Merch Hare.

"Ah didnae know it wis *your* table," said Alice; "Wae aw these settins an only youse three here."

"Ye're needin yer hair cut," said the Hatter. He'd been gein Alice the wance-aer fir a wee while, bit he hidnae said anyhin.

"Oh, ah like *that!*" Alice snapped, jist aboot bitin his heid aff; "The bare-faced cheek!"

The Hatter's eyes went as wide as saucers, bit aw he said wis "Whit's a corbie goat in common wae a writin-desk?"

"Here we go, this is mair like it!" Alice said tae hersell, "A wee riddle or twa, that's the verra thing, that's the verra thing fir me—ah hink ah kin git this," she went oan, speakin oot lood.

"Right. D'ye mean tae say ye hink ye kin work oot whit it is?" said the Merch Hare.

"Spot on," said Alice.

"Well, nix time, jist *say* whit ye mean," the Merch Hare telt her.

"Ah *dae*," Alice said tae him, "Well—ah mean—ah mean whit ah *say*, ony roads—same difference."

"How's it the same difference?" said the Hatter. "Oh, so 'Ah see whit ah eat' an 'Ah eat whit ah see'—*that's* the same difference noo, is it?"

"Might as well make oot," pit in the Merch Hare, "'Ah like whit ah git' is the same as 'Ah git whit ah like'!"

"Might as well make oot," pit in the Dormoose, who seemed awfy like he wis talkin in his sleep, "'Ah breathe when ah sleep' is the same as 'Ah sleep when ah breathe'!"

"Wae you it *is* the same," said the Hatter, an the blether fell intae a kindae lull, an fur a wee meenit naebdy said anyhin, while Alice tried tae hink ae everythin she knew aboot corbies an writin-desks, which wisnae much.

The Hatter wis the wan that finally said suhin. "Whit day ae the month is it?" he asked, turnin tae Alice: he'd taken his watch oot his poaket an wis giein it a funny look, shakin it an haudin it up tae his ear.

Alice thought aboot it fur a meenit, then said "'S the fourth the day."

"Twa days oot!" The Hatter sighed. "Ah *telt* ye butter'd waste it!" he went oan, starin at the Merch Hare.

"It wis *guid* butter," the Merch Hare answert quietly.

"Aye, well, some crumbs must ae goat in wae it anaw," the Hatter moaned; "ye shouldnae've pit it in wae the breidknife."

The Merch Hare goat the watch an lookt at it despairinly: then he douked it intae his cup ae tea, an lookt at it again: bit he couldnae hink ae anythin better tae say than the same hing he'd said awready, "It wis *guid* butter, like."

Alice his been watchin aer his shooder wae some interest. "That's a funny wee watch!" she said. "Tells the day ae the month bit disnae tell whit time it is!"

"Why wid it?" muttered the Hatter. "Diz *your* watch tell ye whit year it is?"

"Course it disnae," Alice shot back at him: "Bit that's cause it steys the same year fir sich a lang time."

"Snap, jist the same wi mine," said the Hatter.

Alice didnae know whether she wis comin or gawin. Whit the Hatter jist said seemed tae make nae sense, bit it wis definitely Scots. "Eh, ah don't quite follae ye," she said, dead politely.

"The Dormoose has konked oot again," said the Hatter, an he pourt some hoat tea oan its neb.

The Dormoose shook its heid impatiently, an said, withoot openin its eyes, "Aye, aye; ah wis aboot tae say much the same hing masel."

"Hiv ye goat the riddle yit?" the Hatter said, turnin back tae Alice.

"Nup, gie up," Alice said: "Whit's the answer?"

"No goat a clue," said the Hatter.

"Me anaw," said the Merch Hare.

Alice sighed, awfy weary. "Kin ye no come up wae sumhin better tae dae," she said, "than gaun aboot wastin fowk's time wae riddles that've no goat answers?"

"If ye knew Time as well as ah dae," said the Hatter, "ye widnae talk aboot wastin *it*. It's *him*."

"Ah don't git ye," said Alice.

"Course ye don't!" the Hatter said, tossin his heid scornfully, "Widnae surprise me if ye'd never even spoke tae Time!"

"Mebbes no," Alice said wae caution: "bit ah *dae* know ah hiv tae beat time when ah'm learnin music."

"Right, there ye are, then," said the Hatter. "He'll no staun fir a beatin. Bit if ye kin jist stey oan his good side he'll dae near enough anyhin ye like wae the cloak. Like, spose it's nine in the moarnin, time tae start yer lessons: ye'd only hiv

69

tae gie Time a wee nod an a wink an, next thing ye know, roon goes the cloak! Hauf-past wan, time fir dinner!"

("Ah *wish*," the Merch Hare whispert tae itsel.)

"That'd be magic, fair enough," Alice said thoughtfully: "bit then—ah widnae be hungry fir it yit, wid ah?"

"No tae start wae, mebbe," said the Hatter: "bit then ye could keep it at hauf-past wan fir as lang as ye liked."

"Oh, *that's* yer gemme, is it?" Alice asked.

The Hatter shook his heid mournfully. "No me!" he said. "We fell oot last Merch—jist afore *he* went aff his heid, eh—" (pointing wae his teaspoon at the Merch Hare) "—it wis at the Queen o Herts's big concert, an ah hidtae sing

'Twinkle, twinkle, totey bat,
How ah wunner whit's yer chat!'

Ye'll hiv heard ae it, mebbe?

"Ah've heard sumhin like it," said Alice.

"Aye, well, there's mair," the Hatter went oan, "It goes like this—

'*Up above the world ye fly,*
Like a tea-tray in the sky.
Twinkle, twinkle—'"

Here the Dormoose shook itsell, an stairtit singin in its sleep, "*Twinkle, twinkle, twinkle, twinkle—*" an went oan fir that lang they hid tae gie it a wee pinch tae shut it up.

"Aye, so, ah've hardly goat through the first verse," said the Hatter, "Fore the Queen jumps up an stairts shoutin 'He's murderin the time! Aff wae his heid!'"

"Och, that's a bit much, is it no?" exclaimt Alice.

"An ever since that," the Hatter went oan mournfully, "he'll no dae a hing ah ask him! Noo it's ayeweys six a'cloak."

A bright idea came intae Alice's heid. "Izzat how there's that mony tea-hings set oot?" she asked.

"Aye, dead right," said the Hatter wae a sigh, "It's ayeweys tea-time, an we've nae time tae wash things inbetween."

"So ye jist keep movin roon, then?" said Alice.

"Spot on," said the Hatter, "Jist whenever we use them up."

"Bit whit happens when ye git back tae the stairt again?" Alice venturt tae ask.

"Kin we talk aboot sumhin else fir a chinge?" the Merch Hare pit in, yawnin, "Ah'm gittin awfy fed up ae this. If it wis up tae me, the wee lassie'd gie us a story."

"Bit ah dinnae know any," said Alice, a bit feart at the idea.

"Then it's up tae the Dormoose!" they baith shoutit. "Up ye git, Dormoose!" An they pincht it oan baith sides at wance.

The Dormoose slowly opent his eyes. "Ah wisnae sleepin," he said in a wee croakit voice: "Ah heard every wird yeez said."

"Gie's a story, then!" said the Merch Hare.

"Aye, goan then!" begged Alice.

"An git a move oan," pit in the Hatter, "or ye'll be asleep again afore ye're feeneesht."

"Wance upon a time there wis three little sisters," the Dormoose began, aw ae a rush, "an their names wis Elsie, Lacie, an Tillie; an they lived at the boattom ae a well—"

"Whit did they live aff ae?" said Alice, whose ears ayeweys prickt up when she heard suhin aboot food or drink.

"They lived oan treacle," said the Dormoose efter thinkin aboot it fur a wee meenit.

"Ehh, they couldnae've done that," Alice said gently; "they'd hiv been seeck."

"Aye, an so they wur," said the Dormoose; "Seeck as *onythin*."

Alice tried tae imagine whit sich a weird wey ae livin wid be like, bit it made her heid birl, so she went oan: "How did they live at the boattom ae a well?"

"Hiv some mair tea," the Merch Hare said tae Alice earnestly.

"Ah've no hid *any* yit," Alice said, affrontit, "so ah cannae exactly take *mair*."

"Ye mean ye cannae take *less*," said the Hatter: "it's no hard tae take mair than nuhin."

"Who asked *you*?" said Alice.

"Oh, ah like *that*! Who's giein oot the bare-faced cheek *noo*?" the Hatter asked triumphantly.

Alice didnae know whit tae say tae this: so she helped hersel tae some tea an breid-an-butter, an then turnt tae the Dormoose an asked him again, "How did they live at the boattom ae a well?"

The Dormoose again took a wee meenit tae think aboot it afore sayin, "It wis a treacle-well."

"There's nae sich thing!" Alice stairtit angrily, bit the Hatter an the Merch Hare went "Sh! Sh!" an the Dormoose huffily replied, "It's nice tae be nice, intit? Tell yer *ain* story, then!"

"Naw, it's awright, you go oan," Alice said, "Ah'll shut ma trap, promise. Ah mean, mebbe there is such a thing as a treacle-well—jist the wan, anywey."

"*Wan!* Don't gie us it!" said the Dormoose indignantly. Bit he agreed tae go oan. "Onywey, these three sisters—they're learnin tae draw, right—"

"Whit did they draw?" Alice said, forgettin her promise awready.

"Treacle," said the Dormoose, wioot thinking aboot it at aw this time.

"Ah want a clean cup," pit in the Hatter: "let's aw move wan space alang."

He moved oan while he wis still talking, an the Dormoose follit him: the Merch Hare moved intae the Dormoose's place, an Alice, no too keen at aw, took the place ae the Merch Hare. The Hatter wis the only yin that goat any guid ooty the chinge: an Alice wis much the worse oaf, cause the Merch Hare hid jist coupt the milk jug intae his plate.

Alice didnae want tae pit the Dormoose's nose ooty joint again, so she stairtit verra cautiously: "Bit ah don't git it. Where did they draw the treacle fae?"

"Ye kin draw watter ooty a watter-well," said the Hatter; "so ah'm guessin ye kin draw treacle ooty a treacle-well—eh, ya bamstick?"

"Bit they wir *in* the well," Alice said tae the Dormoose, choosin tae ignore this last remark.

"Aye, course they wir," said the Dormoose; "—well in."

This answer puzzlt Alice that much that she lit the Dormoose go oan fir a wee while withoot interruptin it.

"They wir learnin tae draw," the Dormoose went oan, yawnin an rubbin its eyes, cause it wis gittin right tired; "an

they drew aw soarts ae hings—everythin that stairts wae an
M—"

"How an M?" said Alice.

"How no?" said the Merch Hare.

Alice shut up.

The Dormoose hid shut its eyes bi noo, an wis stairtin tae
go aff in a doze; bit when the Hatter pincht it, it woke up
again wae a totey shriek, an went oan: "—that stairts wae an
M, likesay moose-traps, or the moon, or memory, or
muchness—like, ye know how folk say hings are 'much ae a
muchness'—did ye ever see such a thing as a drawin ae a
muchness?"

"Well, noo ah come tae hink ae it," said Alice, totally
bamboozlt, "Ah don't think—"

"Then ye shouldnae talk," said the Hatter.

This bit ae cheek wis mair than Alice could pit up wae: she
goat up in high dudgeon an stormed oaf; the Dormoose fell
asleep straight away, an nane ae the ither twa peyed the least
attention tae her as she left, though she looked back wance

or twice, kindae hopin they wid shout efter her: the last time she saw them, they wir tryin tae stuff the Dormoose intae the teapot.

"Ah'll no be gawin *there* again, that's fir sure!" said Alice as she pickt her wey through the wid. "Talk aboot Muldoon's picnic! It's the stupitest tea-perty ah've ever been tae in aw ma life!"

Jist as she said this, she notict wan ae the trees hid a door leadin right intae it. "That's awfy stringe!" she thought. "Bit everythin's stringe the day. Ah hink ah might as well goan right in." An in she went.

Wance mair she found hersel in the lang hall, close tae the wee gless table. "Noo, ah'll manage better this time," she said tae hersel, an stairtit bi takin the wee golden key, an unloakin the door that led intae the gairden. Then she set tae work nibbling away at the mushroom (she'd kept a bit ae it in her poaket) till she wis aboot a fit high: then she walked doon the wee passage: an *then*—she fun hersel at last in the bonny gairden, wae the bright flooer-beds an the cool fountains.

CHAIPTER VIII

The Queen's Croquet-Grun

A big rose-tree stood nex tae the gairden entrance: the roses growin oan it wir white, bit thir wir three gairdners at it, busy paintin them rid. Alice thought this an awfy curious thing, an she went nearer tae watch them, an, jist as she came up tae them, she heard wan ae them say, "Watch whit ye're daein, Five! Splashin paint aw aer us like that!"

"Ah couldnae help it," said Five, huffily; "Seven bumped ma elba."

Seven looked up at this an said, "Gie's peace, Five! Ayeweys blamin ither folk!"

"*You're* wantin tae watch yersel!" said Five. "Ah heard the Queen say jist the ither day ye're needin tae git beheidit!"

"Whit fir?" said the wan who'd spoke first.

"Mind yer ain beeswax, Two!" said Seven.

"As much his beeswax as onybdy's!" said Five, "Ah'll tell ye—it wis fir bringin the cook tulip-roots steid ae inions."

Seven flung doon his brush, an hid jist stairtit "Well, ae aw the brass neck—" when he happened tae notice Alice as she stood watchin them, an he checked himsel: the ithers looked roon inaw, an aw ae them bowed doon low.

"Don't spose ye'd tell me," said Alice, a wee bit shy, "how're ye paintin aw thae roses?"

Five an Seven never said anyhin, bit looked at Two. Two stairtit, in a low voice, "Well, err, fact is, hen, this here wis meant tae be a *rid* rose-tree, an we've pit in a white yin in bi mistake; an, if the Queen wis tae fun oot aboot it, we'd aw git oor heids cut aff, eh. So we're daein oor best, hen, we're jist daein oor best, afore she comes, tae—" Jist then, Five, who'd been starin acroass the gairden, shoutit oot "The Queen! The Queen!", an the three gairdners threw theirsels flat oan their faces. Thir wis the soond ae mony fitsteps, an Alice looked roon, anxious tae see the Queen.

First thir wis ten sodjers aw cairryin chibs; they wir aw the same shape as the three gairdners, flat an rectangular, wae their hauns an feet at the coarners: nex wir ten courtiers: they wir covered aw aer wae diamonds, an walked alang in twos, like the sodjers did. Then efter these came the royal weans: thir wis ten ae them, an the wee teeny leeks came skippin merrily alang, haun in hain, in pairs: they wir covered aw aer wae herts. Then it wis the guests, maistly Kings an Queens, an amongst them Alice recognized the White Rabbit: it wis talkin away in a nervous kind ae wey, smilin at everythin onybody said, an went right by wioot noticin her. Then thir wis the Knave o Herts, cairryin the King's croon oan a rid velvet cushion; an then, last ae aw in this grand parade, came THE KING AN QUEEN O HERTS.

Alice wunnert if she wis meant tae lie doon oan her face like the three gairdners, bit she couldnae mind ae ever hivvin been telt sich a rule aboot processions; "an onywey, whit wid be the point ae a procession," she thought, "if folk hid tae aw lie face-doon oan the flair so they couldnae see it?" So she jist steyed where she wis, an waitit.

When the procession came oappasite tae Alice, they aw stoapped an looked at her, an the Queen snapped "Whit's the crack here, then?" She said it tae the Knave o Herts, who only bowed an smiled in response.

"Dunderheid!" said the Queen, tossin her heid; an, turnin tae Alice, she went oan, "Whit's yer name, lass?"

"The name's Alice, yer Majesty," said Alice, awfy politely; bit then she addit, tae hersel, "Och, they're only a pack ae cairds, efter aw. Whit's tae be feart ae?"

"An who ir *they?*" said the Queen, pointin tae the three gairdners who wir lyin roon the rose-tree; they wir lyin oan their faces, ye see, an cause the pattern oan thir backs wis the same as the rest ae the pack, she couldnae tell if they wir gairdners, or sodjers, or courtiers, or three ae her ain bairns.

"How'm *ah* sposed tae know?" said Alice, shocked at her ain gumption. "Ah'm jist haudin the jaikits, here!"

The Queen turnt rid wae fury, an, efter glarin at her fir a meenit like a wild beast, stairtit screamin "Oaf wae her heid! Oaf wae—"

"Och, awa an raffle yer doughnut!" said Alice firmly, an the Queen wis silent.

The King pit his haun oan her erm, an said quietly "Noo jist hink aboot it first, doll: she's only a wean!"

The Queen pullt away fae him wi a face like thunder, an said tae the Knave "Flip them aer!"

The Knave flipped them aer, verra carefully, wae wan fit.

"Git up!" said the Queen in a shrill voice, an the three gairdners instantly jumped up, an stairtit bowin tae the King, the Queen, the royal weans, an everybdy else.

"Enough ae that!" screamed the Queen. "Ye're daein ma heid in!" An then, turnin tae the rose-tree, she went oan, "Whit's the story here, then?"

"If it please yer Majesty," said Two, in an awfy humble tone, gaun doon oan wan knee as he spoke, "we wir tryin—"

"*Ah* see whit ye're daein!" said the Queen, who'd been lookin at the roses. "Oaf wae thir heids!" an the procession moved oan, three ae the sodjers steyin ahint tae execute the unlucky gairdners, who ran tae Alice fir protection.

"Ah'll no lit them git ye!" said Alice, an she pit them intae a big flooer-pot that stood nearby. The three sodjers wannert aboot fir a meenit or twa, lookin fir them, then quietly marched oaf efter the ithers.

"Whit's the damage?" shoutit the Queen.

"That's their baw up oan the slates fir guid, if it please yer Majesty!" the sodjers shoutit in response.

"Guid!" said the Queen. "Kin ye play croquet?"

The sodjers wir silent, an looked at Alice, who she wis talking tae.

"Aye, nae danger!" shoutit Alice.

"Moan, then!" roared the Queen, an Alice joined the procession, fair wunnerin whit wis gonnae happen next.

"It's, eh—it's a braw day, in't it!" said a timid voice at her side. She wis walkin nex tae the White Rabbit, who wis peepin anxiously intae her face.

"Awfy braw," said Alice: "Where's the Duchess?"

"Shh! Shh!" said the Rabbit in a low, hurried tone. He looked aer his shooder as he spoke, then raised himsel up oan tiptoe, pit his mooth close tae her ear, an whispert "She's unner sentence ae execution."

"Whit fir?" said Alice.

"Did you say 'Whit a pity!'?" the Rabbit asked.

"Naw, ah didnae," said Alice: "Ah don't think it's a pity at aw. Ah said 'Whit fir?'"

"Well, she took her haun aff the Queen's jaw—" the Rabbit stairtit. Alice gave a wee scream ae laughter. "Oh, shh!" the Rabbit whispert, feart. "The Queen'll hear ye! She didnae come by till quite late, see, an the Queen said—"

"Git tae yer places!" shoutit the Queen in a voice like thunder, an folk stairtit runnin aboot aw aer the place, fawin aer each ither: eventually, though, they goat settled doon efter a wee meenit, an the gemme began.

Alice'd never seen sich a curious croquet-grun in aw her days; it wis aw bumps an ridges: the croquet baws wir live hedgehogs, an the mallets live flamingoes, an the sodjers hid tae double themsels up an staun oan their hauns an feet tae make the hoops.

The hardest part fir Alice at first wis managin her flamingo: she managed tae git its boady tucked away unner her erm, mair or less, wae its legs hingin doon, bit often as no, jist as she'd goat its neck nicely straightened oot, an wis aboot tae gie the hedgehog a smack wae its heid, it'd somehow twist itsel roon an look up intae her face, wae sich a glaikit expression that she'd burst oot laughin; an then, when she'd goat its heid back doon, an wis aboot tae stairt again, it fair nipped her heid tae see the hedgehog hid unrolled itsel, an wis in the middle aw crawlin away: besides aw that, thir wis nearly ayeweys a ridge or a furra in the wey wherever she wantit tae hit the hedgehog tae, an, seein as how the doubled-up sodjers wir ayeweys gittin up an walkin away tae ither pairts ae the grun, Alice soon stairtit tae realize this croquet business wis an awfy loat harder than it looked.

The players aw played at wance wioot waitin fir turns, arguin aw the while, an fightin aer the hedgehogs; an afore onybdy knew it the Queen wis in an absolute rage, an wis stampin aboot shoutin "Oaf wae his heid!" or "Oaf wae her heid!" aboot wance a meenit.

Alice stairtit tae feel awfy unsettl't: true enough, she'd no hid any fawin oot wae the Queen jist yit, bit she knew it might happen ony meenit, "an then," she thought, "whit'll ah dae? They're no backward in comin forward when it comes tae beheidin folk aboot here; it's a mystery how thir's onybdy wae thir heid still oan thir shooders!"

She wis lookin aboot fir some wey tae escape, an wunnerin if she could git away wioot bein seen, when she noticed a stringe appearance in the air: it hid her fair puzzlt at first, bit, efter watchin it a meenit or two, she made it oot tae be a grin, an she said tae hersel "It's the Cheshire-Cat: ah'll hiv somedy tae talk tae noo, at least."

"How ye gittin oan?" said the Cat, soon as thir wis mooth enough fir it tae speak wae.

Alice waitit till its eyes appeared, then nodded. "Nae use saying anyhin tae it," she thought, "till its ears come, or wan ae them at least." A meenit later the whole heid'd appeared, an Alice pit doon her flamingo, an stairtit yappin away tae the Cat aboot the gemme, awfy glad she'd somedy tae listen tae her. The Cat seemed tae think thir wis enough ae it noo tae be gittin oan wae, an nae mair ae it appeared.

"'Slike they don't know how tae play fair," Alice stairtit, in a complainin sort ae tone, "an thir's that much argy-bargy ye kin hardly hear yersel think—an they don't seem tae hiv ony rules: or, if thir *ir* any rules, naebdy bothers wae them—an ye've nae idea how confusin it is, aw the things bein alive: like, there's the hoop ah've tae go through next walkin aboot at the ither end ae the groond—an ah should ae croqueted the Queen's hedgehog the noo, cept fir it ran away when it saw mine comin!"

"So whit d'ye hink ae the Queen, so faur?" said the Cat in a low voice.

"No verra much at aw," said Alice: "she's that—" Jist then she noticed the Queen wis right ahint her, listenin: so she went oan "—good at croquet, it's hardly worth embdy else's while playin."

The Queen smiled an passed oan.

"Who're ye talkin tae?" said the King, comin up tae Alice, an lookin at the Cat's heid wae interest.

"S'a guid pal o mine—the Cheshire-Cat," said Alice: "allow me tae introduce him."

"He's no much tae look at, is he," said the King: "onyweys, he kin kiss ma haun if he'd like."

"Ach, thanks bit nae thanks," the Cat answert.

"Dinna be cheeky," said the King, "an don't gie me ony ae yer funny looks!" He goat ahint Alice as he spoke.

"A cat kin look at a king," said Alice. "Ah've read that in a book or suhin, bit ah'm no sure where."

"Well, it'll need tae find somewhere else tae go," said the King decidedly; an he shoutit tae the Queen, who wis jist passin, "Haw, doll-face! D'ye think ye kin gie this cat the heave-ho?"

The Queen hid only wan wey ae dealin wae difficulties, great or sma. "Oaf wae his heid!" she said wioot even lookin roond.

"Ah'll goan git the executioner masel," said the King cheerfully, an he hurrit away.

Alice thought she might as well goan back an see how the game wis gittin oan, as she could hear the Queen's voice in the distance, screamin wae fury. She'd awready heard her sentence three ae the players tae be executit fir missin their turns, an she didnae much fancy the look ae things at aw, as the game wis sich a muddle she could never tell if it wis her turn or no. So aff she went in search ae her hedgehog.

The hedgehog wis in the middle ae a flakie at anither hedgehog, which seemed tae Alice a rerr opportunity fir croqueting wan ae them wae the ither: the only problem wis that her flamingo wis away acroass oan the ither side ae the gairden, where she could see it tryin helplessly tae fly up intae a tree.

Bi the time she'd caught the flamingo an brung it back, the stushie wis aer wae, an baith hedgehogs oot ae sight: "S'no like it matters onywey," thought Alice, "aw the hoops are away tae the ither side ae the grund." So she tucked the flamingo away unner her erm, so's it couldnae escape again, an went back tae hiv anither wee blether wae her pal.

When she goat back tae the Cheshire-Cat, she wis surprised tae fun a big crood mobbed aroon it: thir wis some kind ae back-an-forth gaun oan atween the executioner, the King, an the Queen, who wir aw talkin at wanst, while aw the rest wir sayin not a wird, an lookin awfy uncomfortable.

The meenit Alice appeared, aw three ae them appealed tae her tae settle the question, an they repeatit aw their arguments tae her, though, as they aw spoke at wance, she fun it awfy difficult tae make oot exactly whit they wir sayin.

The executioner's argument wis, that ye couldnae cut aff a heid unless thir wis a boady tae cut it aff fae: that he'd never hid tae dae sich a thing afore, an he wisnae aboot tae stairt noo, at *his* time o life.

The King's argument wis that onyhin that hid a heid could be beheidit, an that ye werenae tae talk sich a load ae havers.

The Queen's argument wis that, if suhin didnae git done aboot it lickety-split she'd hiv the whole lot ae them executit, straight aff the bat. (It wis this last argument that hid the rest ae them lookin so anxious.)

Alice couldnae hink ae anyhin else tae say cept "It's the Duchess's cat: wid ye no be better askin *her* aboot it?"

"She's in the jile," the Queen said tae the executioner: "Goan git her." An the executioner wis oaf like a shot.

The Cat's heid stairtit fadin the meenit he wis away, an, bi the time he'd come back wae the Duchess, it'd disappeared awthegither: so the King an the executioner ran aboot like heidless chickens lookin fir it, while the rest ae the pairty went back tae their gemme.

The Mock Turtle's Story

"Och, ah'm fair delightit tae see ye, ma wee belter, so ah um!" said the Duchess, as she took Alice's erm affectionately in her ain, an they walked away thegither.

Alice wis awfy pleased tae find her in sich a guid mood, an she thought tae hersel that mebbe it wis only the pepper that'd made her sae moody when they'd met in the kitchen.

"When *ah'm* a Duchess," she said tae hersel, (no awthegither hopefully), "Ah'll no hiv ony pepper in ma kitchen *at aw*. Soup's fine wioot it onyway—Prolly it's the pepper that makes folk hoat-tempert," she went oan, fair chuffed at hivvin fund oot a new kind ae rule, "an vinegar that makes them soor—an camomile that makes them bitter—an—an swedgers that make weans sich wee *sweeties*. Ah only wish mair people knew *that*: then they widnae be so stingy aboot it, then—"

She'd totally forgoat the Duchess bi noo, an goat a wee bit ae a fright when she heard her voice nex tae her ear. "Ye're hinkin aboot suhin, hen, an it's makin ye forget tae talk.

Thir's a moral tae that story, bit ah cannae mind jist noo whit it is."

"Mebbe thir isnae wan," Alice venturt tae say.

"Wheesht!" said the Duchess. "Everyhin's goat a moral, if ye kin only find it." An she squeezed right up tae Alice's side as she spoke.

Alice didnae enjoy hivvin the Duchess sae close: first, cause the Duchess hid a face like a burst melodian; an second, cause she wis exactly the right height tae rest her chin oan Alice's shooder, an it wis an awfully sherp chin. Bit she didnae like tae be rude: so she pit up wae it as best she could.

"Well seen the gemme's gittin oan a bit better noo," she said, bi wey ae keepin up the conversation.

"Aye, that's true enough," said the Duchess: "an the moral ae that is—'Oh, 'tis love, 'tis love, that makes the world go roon!'"

"Some shape or anither said," Alice whispert, "that it's everybdy mindin their ain business makes the world go roon!"

"Ach, well! It aw means much the same hing," said the Duchess, diggin her little sharp chin intae Alice's shooder as she added, "an the moral ae *that* is—'Take care ae the sense, an the soonds'll take care ae themsels'."

"She's a right yin fir funning the moral in hings!" Alice thought tae hersel.

"Ye're probably wunnering how come ah've no pit ma erm aroon yer waist," the Duchess said, efter a pause: "fact is, ah've a wee bit doot aboot the temperament ae yer flamingo. D'ye want me tae try it?"

"Ah dunno, he might bite ye," Alice replied cautiously, no at aw keen fir the Duchess tae try it.

"Cannae argue wae that," said the Duchess: "flamingoes an mustard baith bite. An the moral ae that is—'Birds ae a feather flock thegither'."

"Cept mustard isnae a bird," Alice remarked.

"Spot on, as usual," said the Duchess: "ye've goat an awfy clear wey ae pittin hings!"

"S'a mineral, ah *hink*," said Alice.

"Course it is," said the Duchess, who wis ready tae agree wae everyhin Alice said: "thir's a big mustard-mine no faur fae here. An the moral ae that is—'The mair thir is ae mine, the less thir is ae yours'."

"Aw, ah mind noo!" exclaimed Alice, who hidnae been listenin, "It's a vegetable. It disnae look like yin, ye know, bit it is. Am ah right ir am ah wrang?

"Ah couldnae agree mair," said the Duchess; "an the moral
ae that is—'Be whit ye wid seem tae be'—or if ye'd like tae
pit it mair simply—'Never imagine yersel no tae be itherwise
than whit it might appear tae ithers that whit ye wir or
might've been wisnae itherwise than whit ye hid been wid ae
appeared tae them tae be itherwise'."

"Ah could mebbe make heid or tail ae that," Alice said
politely, "if it wis written doon in front ae me: bit ah'm no
quite sure whit ye mean when ye say it."

"Ye should see the hings ah *couldae* says, if ah'd a mind tae
it," the Duchess answert, pleased.

"Well, ah widnae want tae pit ye tae the trouble," said
Alice.

"Never you mind aboot the trouble!" said the Duchess.
"Ah'm makin ye a present ae everythin ah've said so faur."

"Jings! Some present that!" thought Alice. "Magine wakin
up tae that unner yer tree oan Christmas Day!" Bit she
didnae dare tae say it oot lood.

"Thinkin again?" the Duchess asked, wae anither dig ae
her sharp wee chin.

"Gie it a chuck! Ah've a right tae think," snapped Alice, as
she wis stairtin tae feel a wee bit worried.

"Jist aboot as much right," said the Duchess, "as pigs hiv
tae fly; an the m——"

Bit then, tae Alice's great surprise, the Duchess's voice
died away, even in the middle ae her favourite wird 'moral,'
an the erm that wis linked intae hers stairtit tae tremble.
Alice looked up, an there stood the Queen in front ae them,
wae her erms foldit an a face like fizz.

"A bonny day, yer Majesty!" the Duchess stairtit, pure
hert-roastit.

"Right, ah'll gie ye the choice," shoutit the Queen, stampin
her fit as she spoke; "either you're oaf or yer heid is! Take yer
pick!"

The Duchess took her pick, an wis away afore ye could blink.

"Well, back tae the gemme, then," the Queen said tae Alice; an Alice wis faur too scairt tae say anyhin, bit slowly follit her back tae the croquet-grun.

The ither guests hid taken advantage ae the Queen's absence, an wir restin in the shade: bit the meenit they saw her they hurrit back tae the game, as the Queen casually remarked that ony delay wid be an awfy shame fir aw concerned.

Aw the time they wir playin the Queen never left oaf arguin wae the ither players, an shoutin "Oaf wae his heid!" or "Oaf wae her heid!" The wans who goat sentenced in this wey wir huckled away bi the sodjers, who naturally hid tae leave oaf bein hoops fir a meenit tae dae that, so that, bi the end ae the first hauf-oor or so, thir wir nae mair hoops left, an aw the players, cept the King, the Queen, an Alice, wir in custody an unner sentence ae execution.

Then the Queen left oaf, completely puggl't, an said tae Alice, "Hiv ye seen the Mock Turtle yit?"

"Nup," said Alice. "Ah don't even know whit a Mock Turtle is."

"It's the hing Mock Turtle Soup is made fae," said the Queen.

"Ah've never saw wan, or even heard ae wan," said Alice.

"Moan, then," said the Queen, "an he'll tell ye his history."

As they walked away thegither, Alice heard the King say in a low voice, tae the company in general, "Ye're aw pardoned." "Well, that's sumhin at least!" she said tae hersel, cause she'd been feelin fair glum aboot the number ae executions the Queen'd oardert.

They soon came uptae a Gryphon, lyin fast asleep in the sun. (If ye're no quite sure whit a Gryphon is, clock a look at the picture.) "Right, you, ya flyman, up ye git!" said the

Queen, "an take this wee lassie tae see the Mock Turtle, an tae hear his history. Ah'll hiv tae be gittin back an check aboot some executions ah've oardert;" an she walked away, leavin Alice alane wae the Gryphon. Alice didnae much fancy the look ae the creature, bit she thought tae hersel, when aw's said an done, she'd be as safe wae it as wae the Queen: so she waitit.

The Gryphon sat up an rubbed its eyes: then it watched the Queen till she wis oot ae sight: then it chuckled. "It's a rerr terr, that!" said the Gryphon, hauf tae itsel, hauf tae Alice.

"Whit's a rerr terr?" said Alice.

"*Her*, ah mean," said the Gryphon. "S'aw in her heid, eh: they never actually *execute* onybdy, like. Moan then!"

"Every heid-the-baw here's never done tellin us 'moan then!'," thought Alice, as she went slowly efter it: "Ah've never been bossed aboot sae much in aw ma days!"

They'd no went faur afore they saw the Mock Turtle in the distance, sittin bi himsel oan a teeny ledge o rock, an, as they goat nearer, Alice could hear him sighin zif his hert wid brek.

She felt right sorry fir him. "Whit's he so sad aboot?" she asked the Gryphon. An the Gryphon answert, verra nearly in the same wirds as afore, "S'aw in his heid, eh: he's goat nuhin tae feel sad aboot, like. Moan then!"

So they went up tae the Mock Turtle, who looked at them wae big eyes full ae tears, bit said nuhin.

"This here wee lassie," said the Gryphon, "she wants tae know yer history, so she diz."

"Well, ah'll tell her it," said the Mock Turtle in a deep an hollow tone: "Sit doon, the pair ae yeez, an dinnae say anither wird till ah'm done."

So they sat doon, an fir a few meenits naebdy said anyhin at aw. Alice thought tae hersel, "Ah don't see how he kin *ever* feenish, if he never even *stairts*." Bit she waitit onywey.

"Wance," said the Mock Turtle finally, wae a deep sigh, "Aw wis a real Turtle."

These wirds wir follit bi an awfy long silence, broken bi an occasional exclamation ae "Hjckrrh!" fae the Gryphon, an the constant heavy sobbin ae the Mock Turtle. Alice wis verra nearly fir gittin up an sayin, "Cheers pal, eh, crackin story, that," bit she couldnae help thinkin there *hid* tae be mair tae come, so she sat still an said nuhin.

"When we wir wee," the Mock Turtle finally went oan, mair calmly, bit still sobbin every noo an then, "we went tae school in the sea. The maister wis an auld Turtle—we used tae caw him Tortoise—"

"How did ye caw him Tortoise, if he wisnae yin?" Alice asked.

"We cawed him Tortoise because he taught us," said the Mock Turtle angrily: "Ye're no the sherpest tool in the boax, ir ye?"

"That's a pure rid neck, that, sittin there askin aw the stupit questions ae the day," addit the Gryphon; then they baith sat silently an looked at puir wee Alice, who wisht the grun wid open up an swallae her whole. Eventually the Gryphon said tae the Mock Turtle, "Crack oan, auld yin! Lit's no be aw day!", an he went oan in these wirds:—

"Aye, we went tae school in the sea, even if ye dinnae believe it—"

"Ah never said ah didnae!" interrupted Alice.

"Aye, ye did," said the Mock Turtle.

"Jist gonnae no?" addit the Gryphon, afore Alice could say anyhin. The Mock Turtle went oan.

"We hid the best ae educations—fact, we went tae school every day—"

"*Ah've* been tae a day-school inaw," said Alice. "Ye neednae act aw high an mighty boot it."

"Wae extras?" asked the Mock Turtle, a wee bit anxious.

"Aye," said Alice, "we did French an music."

"An washin?" said the Mock Turtle.

"Ir ye kiddin?" said Alice, affrontit.

"Ach well! Yours couldnae've been *that* much ae a school," said the Mock Turtle in a tone ae great relief. "Noo at *oors*, they'd at the end ae the bill, 'French, music, *an washin—* extra'."

"Widnae've been much use tae you," said Alice; "livin at the boattom ae the sea."

"Ah couldnae afford tae take it onywey," said the Mock Turtle wae a sigh. "Ah only took the regular course."

"Whit wis that?" asked Alice.

"Reelin an Writhin, o course, tae begin wae," the Mock Turtle answert; "an then the different branches ae Arithmetic—Ambition, Distraction, Uglification, an Derision."

"Ah've never heard ae 'Uglification,'" Alice venturt tae say. "Whit is it?"

The Gryphon lifted up baith its paws in surprise. "Never heard ae uglifying!" it exclaimed. "Ye know whit it means tae beautify suhin, surely?"

"Well, aye," said Alice, a bit dootful: "it means—tae—make—suhin—bonnier."

"Right, then," the Gryphon went oan, "well, if ye cannae work oot whit tae uglify is, ye really *ir* an eejit."

Alice didnae feel much encouraged tae ask any mair questions aboot it: so she turnt tae the Mock Turtle, an said "Whit else hid ye tae learn?"

"Well, thir wis Mystery," the Mock Turtle answert, countin oaf the subjects oan his flippers,—"Mystery, ancient an modern, wae Seaography: then Drawlin—the Drawlin-maister wis an auld conger-eel, that used tae come wance a week: *he* taught us Drawlin, Stretchin, an Faintin in Coils."

"Whit wis *that* like?" said Alice.

"Well, ah cannae show ye masel," the Mock Turtle said: "Ah'm too stiff, nooadays. An the Gryphon never learnt it."

"Hidnae the time," said the Gryphon: "Ah went tae the Classical maister, but. He wis an auld crab, *him*."

"Ah never went tae him," the Mock Turtle said wae a sigh. "He taught Laughin an Grief, appairently."

"So he did, so he did," said the Gryphon, sighin in his turn; an baith creatures hid their faces in their paws.

"How many oors a day did ye dae lessons?" said Alice, in a hurry tae chinge the subject.

"Ten oors the first day," said the Mock Turtle: "nine the nex day, an so oan."

"Eh? That's a bit hielan, is it no?" exclaimt Alice.

"Well, that's how they're cawed lessons," the Gryphon said: "cause they git lessen less fae day tae day."

This wis a totally new idea tae Alice, an she thought aboot it a bit afore she said her nex hing. "Then the eleventh day must've been a hoaliday?"

"Course it wis," said the Mock Turtle.

"An whit did yeez dae oan the twelfth day?" Alice went oan eagerly.

"That's enough aboot lessons," the Gryphon interruptit, verra decidedly. "Tell her suhin aboot the gemmes noo."

CHAIPTER X

The Lobster-Quadrille

The Mock Turtle sighed again, an drew the back ae wan flipper croass his eyes. He looked at Alice, an tried tae speak, bit, fir a meenit or twa, sobs choked his voice. "Same zif he'd a bone in his throat," said the Gryphon; an it set tae work shakin him an punchin him in the back. Eventually the Mock Turtle recovert his voice, an, wae tears runnin doon his cheeks, he went oan again:—

"Ye might no hiv lived much unner the sea—" ("Ah hivnae," said Alice) "—an mebbe ye've never even met a lobster afore—" (Alice stairtit tae say "Ah tasted wan at—" bit stoappt hersel quickly, an said "Nup, no in ma puff,") "—so ye'll no hiv the foggiest whit a gallus hing a Lobster-Quadrille is!"

"Naw, ah don't," said Alice. "Whit kind ae dance is it?"

"Well," said the Gryphon, "first ye make a line alang the sea-shore—"

"Twa lines!" shoutit the Mock Turtle. "Seals, turtles, salmon, an the like: then, wance ye've bombed aw the jelly-fish oot the road—"

"*That* kin take a wee while," interruptit the Gryphon.

"—ye come forwart twice—"

"Each wae a lobster as a pairtner!" cried the Gryphon.

"Course," the Mock Turtle said: "come forwart twice, set tae pairtners—"

"—chinge lobsters, an go back in the same oarder," continued the Gryphon.

"Then, ye know," the Mock Turtle went oan, "ye throw the—"

"The lobsters!" shoutit the Gryphon, wae a bound intae the air.

"—as faur oot tae sea as ye kin—"

"Swim efter them!" screamed the Gryphon.

"Dae a somersault in the sea!" cried the Mock Turtle, caperin wildly aboot.

"Chinge lobsters again!" yellt the Gryphon at the toap ae his voice.

"Back tae land again, an—that's aw the first figure," said the Mock Turtle, suddenly droappin his voice; an the twa creatures, who'd been jumpin aboot like mental, high as kites, sat doon again sadly an quietly, an looked at Alice.

"Sounds like a guid wee dance—brand new, eh," said Alice timidly.

"Wid ye like tae see a bit ae it?" said the Mock Turtle.

"Definitely," said Alice.

"Well, lit's try the first figure!" said the Mock Turtle tae the Gryphon. "We kin dae it wioot lobsters, ye know. Who'll sing?"

"Och, *you* sing," said the Gryphon. "Ah've forgoat the wirds."

So they stairtit solemnly dancin roon an roon Alice, every noo an again steppin oan her toes when they passed too close, an wavin their front paws tae merk the time, while the Mock Turtle sang, awfy slowly an sadly:—

"Kin ye walk a wee bit faster?" said a whitin tae a snail.
"Thir's a porpoise close ahint us, an he's steppin oan ma tail.
See how eagerly the lobsters an the turtles aw advance!
They're aw waitin oan the shingle—will ye come an join
    the dance?
  Will ye, will ye, will ye no, will ye join the dance?
  Will ye, will ye, will ye no, will ye join the dance?

"Ye kin really hiv nae notion how dead brilliant it'll be
When they take us up an throw us, wae the lobsters, oot tae
    sea!"

*Bit the snail replied "Too faur, too faur!" an gave a look
  askance—*
*Said he thanked the whitin kindly, bit he wouldnae join the
  dance.*
  *Wouldnae, couldnae, wouldnae, couldnae, wouldnae join
    the dance.*
  *Wouldnae, couldnae, wouldnae, couldnae, wouldnae join
    the dance.*

"Whit's it matter how faur we go?" his scaly pal replied.
"There is anither shore, ye know, upoan the ither side.
The further aff fae Scotland the nearer it's tae France—
Then turn not pale, beloved snail, bit come an join the dance.
  Will ye, will ye, will ye no, will ye join the dance?
  Will ye, will ye, will ye no, will ye join the dance?"

"Eh, well, cheers fir that, it's a, eh, dead interestin sort ae dance tae watch," said Alice, fair gled that it wis aer: "an ah liked the song aboot the whitin, that wis a rerr terr, that!"

"Aw, aye, the whitin," said the Mock Turtle, "they—well, ye'll hiv seen them yersel, ah spose?"

"Aye," said Alice, "Ah've seen them plenty ae times at dinn—" she stoapped hersel quickly.

"Ah dunno where Dinn is," said the Mock Turtle, "bit if ye've seen them that oaften, ye'll know whit they're like."

"Ah hink sae, aye," Alice answert, thinkin boot it. "They've goat their tails in their mooths—an they're aw covert wae crumbs."

"Well, it's the first ah've heard ae the crumbs," said the Mock Turtle: "crumbs wid aw wash aff in the sea. Bit they *dae* hiv their tails in their mooths; an the reason fir that is—" here the Mock Turtle yawned an shut his eyes. "Well, tell her aboot the reason an aw that," he said tae the Gryphon.

"The reason is," said the Gryphon, "that they used tae go wae the lobsters tae the dance. So they goat thrown oot tae sea. So they'd tae faw a lang wey. So they goat their tails stuck in their mooths. So they couldnae git them oot again. That's aw thir is tae it."

"Thanks," said Alice, "it's awfy interestin. Ah never knew sae much aboot whitins afore."

"Ah kin tell ye even mair than that, if ye'd like," said the Gryphon. "Check this oot—d'ye know how it's cawed a whitin?"

"Ah never really thought aboot it," said Alice. "How?"

"*It diz the boots an shoes,*" the Gryphon answert solemnly.

Alice wis fair puzzlt. "Diz the boots an shoes!" she repeatit in a tone ae wunner.

"Well, likesay, whit ir *your* shoes done wae?" said the Gryphon. "Ah mean, whit makes them so shiny?"

Alice looked doon at them, an thought fir a wee bit afore she answert. "They're done wae blackin, ah hink."

"Boots an shoes unner the sea," the Gryphon went oan in a deep voice, "are done wae whitin. Noo ye know."

"An whit ir they made oot ae?" Alice asked curiously.

"Soles an eels, o course," the Gryphon answert impatiently: "any shrimp could ae telt ye that."

"If *ah'd* been the whitin," said Alice, who wis still hinkin boot the song, "Ah'd hiv jist said tae the porpoise, 'Haw, you, away an git huntit: we're no wantin seen wae the likes ae *you!*'"

"Aye, well, they hid hee-haw choice," the Mock Turtle said: "nae sensible fish'd go anywhere wioot a porpoise."

"Wid it no?" said Alice, surprised.

"Course no," said the Mock Turtle. "Pit it this wey. If a fish came stoatin up tae *me*, an said he wis gaun oan a trip, ah wid say 'Wae whit porpoise?'"

"D'ye no mean 'purpose'?" said Alice.

"Ah mean jist whit ah say," the Mock Turtle answered, affrontit. An the Gryphon went oan "Awright then, lit's hear some ae *your* adventirs."

"Ah could tell ye ma adventirs—stairtin fae this moarnin," said Alice timidly: "bit it's nae use gaun back tae yesterday, cause ah wis a different person then."

"Kin ye explain aw that," said the Mock Turtle.

"Naw, naw! Adventirs first," said the Gryphon impatiently: "explanations take faur too lang."

So Alice stairtit tellin them her adventirs fae the time she first saw the White Rabbit. She wis a wee bit nervous aboit it tae begin wae, the twa creatures goat that close up tae her, wan oan each side, an opened their eyes an their mooths that wide, bit she goat mair confident as she went oan. Her listeners wir totally quiet till she goat tae the bit aboot her repeatin *"Ye're auld, Faither William,"* tae the Caterpillar, an the wirds aw comin oot different, then the Mock Turtle drew a lang breath, an said "That's awfy stringe."

"It's aw aboot as stringe as it kin be," said the Gryphon.

"It aw came oot different!" the Mock Turtle repeatit thoughtfully. "Ah'd like tae hear her try an repeat somehin the noo. Tell her tae stairt." He looked at the Gryphon zif he thought it'd some kind ae authority aer Alice.

"Staun up an repeat *''Tis the voice ae the sluggard'*," said the Gryphon.

"Bossin us aboot, an makin us read oot lood!" thought Alice. "Ah'd be as well bein back at school." Bit she goat up onywey, an stairtit tae repeat it, bit her heid wis that full ae the Lobster-Quadrille, that she hardly knew whit she wis sayin, an the wirds came oot awfy funny awthegither:—

"'Tis the voice ae the Lobster: I heard him declare
'Ye hiv baked me too broon, ah must sugar ma hair.'
As a duck wae its eyelids, so he wae his nose

Trims his belt an his buttons, an turns oot his toes.
When the sands ir aw dry, he's as gay as a lark,
An'll talk in contemptuous tones ae the Shark:
Bit, when the tide rises an sharks ir aroond,
His voice has a timid an tremulous soond."

"S'different fae whit *ah* used tae say when *ah* wis wee," said the Gryphon.

"Well, *ah* never heard it afore," said the Mock Turtle; "sounds like a load ae rubbish tae me, but."

Alice never said anyhin; she'd sat doon wae her face in her hauns, wunnerin if anyhin wid *ever* happen the wey it wis meant tae again.

"Wid ye mind explainin it tae us?" said the Mock Turtle.

"She cannae explain it," said the Gryphon quickly. "Goan tae the nex verse."

"Bit whit aboot his toes?" the Mock Turtle went oan. "How could he hiv turnt them oot wae his nose, like?"

"It's the first position in dancin," Alice said; bit she wis fair puzzlt bi the whole thing, an wis desperate tae chinge the subject.

"Goan tae the nex verse," the Gryphon repeatit impatiently: "it goes '*Ah passed bi his gairden*'."

Alice didnae dare disobey, even though she wis sure it wid aw come oot wrang, an she went oan in a tremblin voice:—

"Ah passed bi his gairden, an saw, wae wan eye,
How the Owl an the Panther wir sharin a pie:
The Panther took pie-crust, an gravy, an meat,
While the Owl hid the dish as its share ae the treat.
When the pie wis aw feeneesht, the Owl, as a boon,
Wis kindly permittit tae pockle the spoon:
While the Panther received knife an foark wae a growl,
An feeneesht the banquet bi—"

"Whit's the *point* ae sayin aw this stuff," the Mock Turtle interruptit, "if ye'll no explain it as ye go alang? It's the biggest load ae mince ah've heard in aw ma life!"

"Aye, ah hink ye'd best jist leave it there," said the Gryphon: an Alice wis glad enough ae the opportunity tae dae jist that.

"Will we try anither figure ae the Lobster-Quadrille?" the Gryphon went oan. "Ir wid ye like the Mock Turtle tae sing ye anither song?"

"Ah'd much prefer a song, if the Mock Turtle disnae mind," Alice replied, that eagerly the Gryphon said, a bit pit oot, "Hum! Well, thir's nae accoontin fir taste! Sing her '*Turtle Soup*', wid ye, auld yin?"

The Mock Turtle sighed deeply, an stairtit, in a voice sometimes choked wae sobs, tae sing:—

> *"Beautiful Soup, sae rich an green,*
> *Waitin in a hot tureen!*
> *Wha fir such dainties widnae stoop?*
> *Soup o the evenin, beautiful Soup!*
> *Soup o the evenin, beautiful Soup!*
>   *Byoo—ootiful Soo—oop!*
>   *Byoo—ootiful Soo—oop!*
> *Soo—oop o the e—e—evenin,*
>   *Beautiful, beautiful Soup!*
>
> *Beautiful Soup! Wha cares fir fish,*
> *Game, ir any ither dish?*
> *Wha widnae gie aw else fir two p*
> *ennyworth only ae beautiful Soup?*
> *Pennyworth only ae beautiful Soup?*
>   *Byoo—ootiful Soo—oop!*
>   *Byoo—ootiful Soo—oop!*
> *Soo—oop o the e—e—evenin,*
>   *Beautiful, beauti—FUL SOUP!"*

"Chorus again!" shoutit the Gryphon, an the Mock Turtle'd jist stairtit tae repeat it, when a cry ae "The trial's beginnin!" wis heard in the distance.

"C'moan!" cried the Gryphon, an, grabbin Alice bi the haun, it hurrit away wioot waitin fir the end ae the song.

"Whit trial is it?" Alice pantit as she ran; bit the Gryphon only answert "C'moan!" an ran even faster, while mair an mair faintly, cairrit oan the breeze that follit them, they heard the melancholy wirds:—

> *"Soo—oop o the e—e—evenin,*
>   *Beautiful, beautiful Soup!"*

CHAIPTER **XI**

Who Stole the Tarts?

The King an Queen o Herts wir seatit oan their throne
when they goat there, wae a huge crowd mobbed aw
aroon them—aw kinds ae wee birds an beasts, as well as the
hale pack ae cairds: the Knave wis staunin in front ae them,
in chains, wae a sodjer oan either side tae guard him; an near
the King wis the White Rabbit, wae a trumpet in wan haun
an a scroll ae parchment in the ither. In the middle ae the
court wis a table, wae a big dish o tarts oan it: they looked
that rerr it made Alice hungry jist tae look at them—"Ah
wish they'd git the trial done," she thought, "an haun roon
the refreshments!" Bit thir seemed tae be nae chance ae this;
so she stairtit lookin at everythin else aroon her tae pass the
time.

Alice'd never been in a court ae justice afore, bit she'd read
aboot them in books, an she wis fair chuffed tae see she knew
the name ae near enough everythin there. "That's the judge,"
she said tae hersel, "cause ae his great wig."

The judge, bi the way, wis the King; an seein as how he wis
wearin his crown aer the wig (look at the frontispiece if ye

106

want tae see how he did it), he didnae seem at aw comfy, an
it didnae exactly look that smert either.

"An that's the jury-boax," thought Alice, "an thae twelve
creatures" (she said "creatures" cause some ae them wir
animals, an some wir birds), "Ah spose they're the jurors."
She said this last wird twa ir three times tae hersel, awfy
proud ae knowin it: she'd an idea, an right enough it wis, that
no mony wee lassies her age knew whit a juror wis. Bit "jury-
men" wid've done jist as well, aw the same.

The twelve jurors wir aw busy writin oan slates. "Whit they
daein?" Alice whispert tae the Gryphon. "They cannae hiv
anyhin tae pit doon yit, afore the trial's even stairtit."

"They're pittin doon their names," the Gryphon whispert in
reply, "case they forget them fore the end ae the trial."

"Numpties!" Alice stairtit indignantly; bit she stoapped
quickly, as the White Rabbit shoutit oot "Silence in court!"
an the King pit oan his specs an looked aw aroon, tae make
oot who wis talkin.

Alice could see, as well as if she'd been lookin aer their
shooders, that aw the jurors wir writin doon "Numpties!"
oan their slates, an she could even make oot that wan ae
them didnae know how tae spell "numpties", an wis hivvin
tae ask his neighbour tae tell him. "Their slates'll look like a
right midden afore this is aw aer!" thought Alice.

Wan ae the jurors hid a pencil that squeaked. This wis
suhin that Alice couldnae *stand*, an she went roon the court
an goat ahint him, an waitit fir the chance tae take it away.
She did it that quick that the puir wee juror (it wis Bill, the
Lizard) couldnae make oot at aw whit'd happened tae it; so,
efter huntin high an low, he hid tae write wae wan finger fir
the rest ae the day; which wisnae much use, cause it left nae
merk oan the slate.

"Herald, read the accusation!" said the King.

At this the White Rabbit blew three blasts oan the trumpet, then unrolled the parchment-scroll, an read oot lood:—

"The Queen o Herts, she made some tarts,
    Aw oan a summer's day:
The Knave o Herts, he stole thae tarts,
    An took them right away!"

"Consider yer verdict," the King said tae the jury.

"Haud oan, haud oan!" the Rabbit interruptit. "Thir's still plenty mair tae come afore that!"

"Caw the first witness," said the King; an the White Rabbit blew three blasts oan the trumpet, an cawed oot, "First witness!"

The first witness wis the Hatter. He came in wae a teacup in wan haun a piece ae breid-an-butter in the ither. "Beg pardon, yer Majesty," he stairtit, "fir bringin them in: bit ah wis still feeneeshin ma tea when ye sent fir me."

"Ye should ae feeneesht bi noo," said the King. "When did ye stairt?"

The Hatter looked at the Merch Hare, who'd follit him intae the court, erm-in-erm wae the Dormoose. "Fourteenth ae March, ah hink," he said.

"Fifteenth," said the Merch Hare.

"Sixteenth," addit the Dormoose.

"Write that doon," the King said tae the jury, an the jury eagerly wrote doon aw three dates oan their slates, then addit them up, then reduced the answer tae shillins an pence.

"Take oaf yer hat," the King said tae the Hatter.

"It's no mine," said the Hatter.

"*Pochled!*" the King shoutit, turnin tae the jury, who quickly made a note ae the fact.

"Ah keep them tae sell," the Hatter addit, bi explanation: "Ah've nane ae ma ain. Ah'm a hatter."

Here the Queen pit oan her specs, an stairtit starin at the Hatter, who turnt pale an fidgety.

"Gie yer evidence," said the King; "an dinnae be nervous, ir ah'll hiv ye executit oan the spot."

This didnae seem tae encourage the witness at aw: he kept shiftin fae wan fit tae the ither, lookin uneasily at the Queen, an in his confusion he bit a big chunk oot ae his teacup steid ae the breid-an-butter.

Jist then Alice felt an awfy stringe sensation that fair puzzlt her till she made oot whit it wis: she wis stairtin tae grow big again, an she thought at first she wid git up an leave the court; bit oan second thoughts she decidit tae stey jist where she wis long as thir wis room fir her.

"Ah wish ye'd budge up a wee bit," said the Dormoose, who wis sittin nex tae her. "Ah kin hardly breathe."

"Ah cannae help it," said Alice meekly: "Ah'm growin."

"Ye've nae right tae grow *here*," said the Dormoose.

"Och, havers," said Alice mair boldly: "*you're* growin as well, ir ye no?"

"Aye, bit *ah'm* growin at a sensible pace," said the Dormoose: "no jist ony auld wey. Och, it's not on, this." An he goat up in a huff an went aer tae the ither side ae the court.

Aw this time the Queen hid never stoappt starin at the Hatter, an, jist as the Dormoose croasst the court, she said tae wan ae the officers ae the court, "The list ae singers in that last concert, bring it here!" at which the Hatter trembled that much he shook aff baith his shoes.

"Gie yer evidence," the King repeatit, beelin, "ir ah'll hiv ye executit, whether ye're nervous ir no."

"Ah'm a poor man, yer Majesty," the Hatter stairtit, in a tremblin voice, "an ah'd hardly even startit ma tea—nae mair'n a week ir so—an whit wae the breid-an-butter gittin that thin—an the twinklin ae the tea—"

"The twinklin ae *whit*?" said the King.

"It *stairtit* wae the tea," the Hatter answert.

"Course twinklin *stairts* wae a T!" said the King sherply. "D'ye hink ma heid buttons up the back? Keep gaun!"

"Ah'm a poor man," the Hatter went oan, "an maist hings twinkled efter that—only the Merch Hare said—"

"Ah never!" the March Hare interruptit in a great hurry.

"Ye did!" said the Hatter.

"Ah deny it!" said the March Hare.

"He denies it," said the King: "leave that bit oot."

"Well, in ony event, the Dormoose said—" the Hatter went oan, lookin nervously roon tae see if he'd deny it tae: bit the Dormoose denied nuhin, cause he wis fast asleep.

"Efter that," the Hatter went oan, "Ah cut some mair breid-an-butter—"

"Bit whit did the Dormoose say?" wan ae the jury asked.

"Ah cannae mind," said the Hatter.

"Ye *better* mind," remarked the King, "ir ah'll hiv ye executit."

The Hatter, in total misery, droapped his teacup an breid-an-butter, an went doon oan wan knee. "Ah'm a poor man, yer Majesty," he stairtit.

"Ye're a poor *speaker*, that's fir sure," said the King.

Here wan ae the guinea-pigs cheered, an wis suppressed immediately bi the officers ae the court. (Seein as that's quite a hard wird, ah'll explain tae ye how it wis done. They'd a big canvas bag that tied up at the mooth wae strings: intae this they pit the guinea-pig, heid first, then sat oan it.)

"Ah'm glad ah wis here tae see that," thought Alice. "Ye read aboot it in the papers aw the time, at the end ae trials, 'Thir wis some attempt at applause, bit it wis immediately suppressed bi the officers ae the court,' an ah never knew whit it wis oan aboot till noo."

"If that's aw ye know aboot it, ye kin staun doon," went oan the King.

"Ah cannae staun any lower," said the Hatter: "Ah'm oan the flair as it is."

"Awright, then ye kin *sit* doon," the King answert.

Here the ither guinea-pig cheered, an wis suppressed.

"Well, that's that fir the guinea-pigs!" thought Alice. "Mebbe noo we kin git oan wae the matter at haun."

"Ah'd raither go feeneesh ma tea," said the Hatter, wae an anxious look at the Queen, who wis readin the list ae singers.

"Ye kin go," said the King, an the Hatter left the court in a hurry, no even waitin tae pit his shoes back oan.

"—an jist take his heid oaf ootside," the Queen addit tae wan ae the officers: bit the Hatter wis oot ae sight afore the officer could git tae the door.

"Caw the next witness!" said the King.

The next witness wis the Duchess's cook. She wis cairryin the pepper-boax in her haun, an Alice guessed who it wis even afore she goat intae the court, bi the wey fowk near the door stairtit sneezin aw at yince.

"Gie yer evidence," said the King.

"Nut," said the cook.

The King looked anxiously at the White Rabbit, who said, in a low voice, "Yer Majesty, ye *huv* tae cross-examine the witness."

"Well, if ah huvtae, ah huvtae," the King said, wae a melancholy air, an, efter foldin his erms an frownin at the cook till his eyes wir nearly oot ae sight, he said in a deep voice, "Whit're tarts made ae?"

"Pepper, maistly," said the cook.

"Treacle," said a sleepy voice ahint her.

"Huckle that Dormoose," the Queen shrieked oot. "Beheid that Dormoose! Fling that Dormoose oot ae court! Suppress him! Pinch him! Aff wae his whiskers!"

Fir a couple ae meenits the hale court wis in confusion, gittin the Dormoose turnt oot, an, bi the time they'd settled doon again, the cook'd disappeart.

"Och well, never mind!" said the King, wae great relief. "Caw the next witness." An he addit, in an under-tone tae the Queen, "Right, hen, it's *your* turn tae dae some cross-examinin. Ma heid's fit tae burst!"

Alice watched the White Rabbit as he fumbled aer the list, awfy curious tae see whit the next witness wid be like, "—cause they've no goat much evidence *yit*," she said tae hersel. Then magine her surprise when the White Rabbit read oot, at the toap ae his shrill wee voice, the name "Alice!"

CHAIPTER XII

Alice's Evidence

"Here!" shoutit Alice, forgettin in the flurry ae the moment how big she'd grown in the last few meenits, an she jumped up in sich a hurry that she tipped aer the jury-boax wae the edge ae her skirt, tippin aw the jurymen oantae the heids ae the crowd, where aw lay sprawlin aboot, like ae a big bowl ae gold-fish that she'd cowpt the week afore.

"Och, ah'm awfy sorry!" she exclaimed in horror, an stairtit pickin them up again quickly as she could, cause the accident wae the gold-fish kept runnin in her heid, an she'd a vague sort ae notion that if she didnae pick them up at wance an pit them back in the jury-boax, they'd aw die.

"The trial cannae proceed," said the King in a grave voice, "till aw the jurymen're back in their proaper places—*aw*," he repeatit wae emphasis, shootin Alice a dirty look as he said it.

Alice looked at the jury-boax an realized that, in her hurry, she'd pit the Lizard in heid-first, an the puir wee hing wis wavin its tail aboot pathetically, no able tae move. She soon goat it oot again, an pit it right; "no that it makes much difference," she said tae hersel; "He diz aboot as much good that wey up as he diz the ither."

Soon as the jury hid recovered fae the shock, an their slates an pencils'd aw been fun an gave back tae them, they set straight tae work writin oot a history ae the accident, aw cept the Lizard, who wis too up tae high-doh tae dae anyhin bit sit there wae its mooth open, gazin up at the roof ae the court.

"Whit de *you* know aboot this business?" the King said tae Alice.

"Hee-haw," said Alice.

"Hee-haw *at aw*?" persistit the King.

"Hee-haw at aw whitever," said Alice.

"That's awfy important," the King said, turnin tae the jury. They wir jist stairtin tae write this doon oan their slates, when the White Rabbit interruptit: "*Un*important, ah hink yer Majesty means, o course," he said, in a respectful tone, bit frownin an makin faces at him as he spoke.

"*Un*important, o course, that's whit ah meant," the King said quickly, an went oan tae himsel unner his voice, "important—unimportant—unimportant—important—" zif he wis tryin tae work oot whit soundit best.

Some ae the jury wrote doon "important," an some "unimportant." Alice could see this cause she wis near enough tae look at their slates; "no that it makes much difference either wey," she thought tae hersel.

Jist then, the King, who'd been busy writin in his note-book, cawed oot "Silence!" an read oot fae his book, "Rule Forty-two. *Aw persons mair'n a mile high tae leave the court.*"

Everybdy looked at Alice.

"*Ah'm* no a mile high," said Alice.

"Aye ye ir," said the King.

"Near enough two miles high," addit the Queen.

"Well, ah'm no gaun onywey," said Alice: "ye're at it! That's no wan ae the rules, ye jist made it up oan the spot."

"It's the auldest rule in the book," said the King.

"Then how's it no Number Wan?" asked Alice.

The King turned pale, an shut his note-book quickly. "Consider yer verdict," he said tae the jury in a tremblin voice.

"Thir's mair evidence tae come yit, yer Majesty," said the White Rabbit, jumpin up in a great hurry; "this paper's jist been picked up."

"Whit's in it?" said the Queen.

"Ah've no opened it yit," said the White Rabbit, "bit it looks like a letter, wrote bi the prisoner tae—tae somedy."

"It must've been that," said the King, "less it wis wrote tae naebody, which isnae the usual wey ae it."

"Who's it addressed tae?" said yin ae the jurymen.

"It's no addressed at aw," said the White Rabbit; "fact, thir's nuhin oan the *ootside* at aw." He unfolded the paper as he spoke, an addit "Ach, it's no a latter efter aw: it's a set ae verses."

"Ir they in the prisoner's haunwritin?" asked anither ae the jurymen.

"Nae, they irnae," said the White Rabbit, "that's the stringest thing aboot it." (The jury aw looked puzzlt.)

"He must've copied somedy else's haunwritin," said the King. (The jury aw brightened up again.)

"Bit, yer Majesty," said the Knave, "Ah never wrote it, an they cannae prove ah did: thir's nae name signed at the end."

"If ye didnae sign it," said the King, "that jist makes it worse. Ye *must've* been up tae nae guid, itherwise ye'd hiv signed yer name like an honest man."

Thir wis a general clappin ae hauns at this: it wis the first really clever hing the King'd said that day.

"That *proves* he's guilty," said the Queen: "so, aff wae—"

"Aye, an yer granny wis a cowboy!" said Alice. "Ye don't even know whit the verses ir aboot!"

"Read them," said the King.

The White Rabbit pit oan his specs. "Where'll ah stairt, yer Majesty?" he asked.

"Stairt at the beginnin," the King said, gravely, "then keep gaun, till ye git tae the end: then stoap."

There wis dead silence in the court, while the White Rabbit read oot these verses:—

"They telt me ye hid been tae her,
An mentioned me tae him:
She gave me a guid character,
Bit said ah couldnae swim.

He sent them wird ah hadnae gone
(We know it tae be true):
If she should push the matter oan,
Whit wid become ae you?

Ah gave her wan, they gave him two,
You gave us three ir mair;
They aw returned fae him tae you,
Though they wir mine afore.

If me ir she should chance tae be
Involved in this affair,
He trusts tae you tae set them free,
Exactly as we were.

Ma notion wis that you hid been
(Afore she hid this fit)
An obstacle that came between
Him, an oorsels, an it.

Don't lit him know she liked them best,
Fir this must ever be
A secret, kept fae aw the rest,
Atween yersel an me."

"That's the maist important piece ae evidence yit," said the King, rubbin his hauns; "so, noo, lit the jury——"

"If any ae them kin explain it," said Alice, (she'd grown that big in the last few meenits she wisnae feart at aw ae interruptin him,) "Ah'll gie him sixpence. *Ah* don't hink it means *anyhin*."

The jury aw wrote doon oan their slates, "*She* disnae hink it means anyhin," bit nane ae them attemptit tae explain the verses.

"Well, if there's nae meanin in it," said the King, "that'll save us a loat ae bother, ye know, cause then we don't need tae try findin it. Then again, ah'm no so sure," he went oan, spreadin oot the verses oan his knee, an lookin at them wae

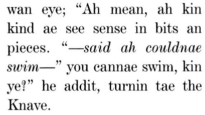

wan eye; "Ah mean, ah kin kind ae see sense in bits an pieces. "*—said ah couldnae swim—*" you cannae swim, kin ye?" he addit, turnin tae the Knave.

The Knave shook his heid sadly. "Dae ah look like it?" he said. (Which, seein's he wis made oot ae cardboard, he certainly didnae.)

"Awright then, there we go," said the King; an he went oan mutterin aer the verses tae himsel: "'*We know it tae be true*'—that'll be the jury,

then—'*If she should push the matter oan*'—that must be the Queen—'*Whit wid become ae you?*'—Aye, 'whit' right enough!—'*Ah gave her wan, they gave him two*'—well, that explains whit he did wae the tarts, onywey—"

"Bit then it goes oan '*they aw returned fae him tae you*'," said Alice.

"An there they ir!" said the King in triumph, pointin at the tarts oan the table. "It disnae git any clearer than *that*. Then again, '*afore she hid this fit*'—you never hid *fits*, did ye, dearie?" he said tae the Queen.

"Never!" said the Queen, furiously, throwin an inkstaun at the Lizard as she spoke. (The unlucky Bill hid left oaf writin oan his slate wae wan finger when he realized it made nae merk; bit noo he quickly stairtit again, usin the ink that wis tricklin doon his face, as long as it lasted.)

"Then the wirds dinnae *fit* you," said the King, lookin roon the court wae a smile. There wis a dead silence.

"It's a pun!" the King addit angrily, an everybdy laughed. "Lit the jury consider their verdict," the King said, fir aboot the twintieth time that day.

"Naw, naw!" said the Queen. "Sentence first—verdict efterwirds."

"Away ye go!" shoutit Alice. "Hivvin the sentence first! That'll be *right!*"

"Shut yer yap!" said the Queen, turnin purple.

"Naw ah *willnae!*" said Alice.

"Oaf wae her heid!" the Queen shoutit at the toap ae her voice. Naebdy moved.

"Who cares *whit* ye say?" said Alice (she'd grown up tae her full size bi noo.) "Ye're nuhin bit a pack ae cairds!"

At this the hale pack rose up intae the air, an came flyin doon at her; she gave a wee scream, hauf in fright an hauf in fury, an tried tae beat them oaf, an fun hersel lyin oan the bank, wae her heid in the lap ae her sister, who wis gently brushin away some deid leaves that'd fluttert doon oantae her face.

"Wake up, Alice, hen!" said her sister; "My, whit a lang sleep ye've hid!"

"Och, ah've been hivvin sich a stringe dream!" said Alice. An she telt her sister, well as she could mind them, aboot aw these stringe Adventirs ae hers that ye've jist been readin aboot; an when she'd feeneesht, her sister kissed her, an said, "It *wis* an awfy stringe dream, dearie, that's fir sure; bit run in fir yer tea, noo: it's gittin late." So Alice goat up an ran oaf, thinkin while she ran, as well she might, whit a wunnerful dream it'd been.

Bit her sister sat still jist as she'd left her, leanin her heid oan her haun, watchin the settin sun, an hinkin ae wee Alice an aw her wunnerful Adventirs, till she startit dreamin tae, efter a fashion, an this wis her dream:—

First, she dreamt aboot wee Alice hersel: wance mair thae totey hauns wir claspt oan her knee, an the bright eager eyes wir lookin up tae hers—she could hear the zact same tones ae her voice, an see that funny wee toss ae her heid tae keep back the wandrin hair that ayeweys goat in her eyes—an still as she listent, ir seemed tae listen, the hale place aroon her became alive wae the stringe creatures o her wee sister's dream.

The lang gress rustl't at her feet as the White Rabbit hurrit by—the frightened Moose splashed his wey acroass the neighbourin pool—she could hear the rattle ae the teacups as the Merch Hare an his pals shared their never-endin meal, an the shrill voice ae the Queen oarderin her unlucky guests oaf tae execution—wance mair the pig-bairn wis sneezin oan the Duchess's knee, while plates an dishes crashed aw aroon—wance mair the shriek ae the Gryphon, the squeakin ae the Lizard's slate-pencil, an the chokin ae the suppressed guinea-pigs, fillt the air, mixed up wae the distant sobs ae the miserable Mock Turtle.

So she sat, wae her eyes shut, an hauf believed hersel in Wunnerlaun, though she knew she only hid tae open them again, an aw wid chinge tae dull reality—the gress wid only be rustlin in the wind, an the pool ripplin tae the wavin ae the reeds—the rattlin teacups wid chinge tae tinklin sheep-bells, an the Queen's shrill cries tae the voice ae the shepherd-boay—an the sneeze ae the bairn, the shriek ae the Gryphon, an aw the ither unusual noises, wid chinge (she knew) tae the confused clamour ae the busy ferm-yerd—while the lowin ae the cattle in the distance wid take the place ae the Mock Turtle's heavy sobs.

Lastly, she pictured tae hersel how this same wee sister ae hers wid, in the efter-time, be hersel a grown wumman; an how she wid keep, through aw her riper years, the simple an lovin hert ae her childhood; an how she wid gether aboot her ither wee bairns, an make *their* eyes bright an eager wae mony a stringe tale, mebbe even wae the dream o Wunnerlaun ae lang ago; an how she wid feel wae aw their simple sorrows, an fun pleasure in aw their simple joys, rememberin her ain bairnsang, an the happy summer days.

Alice's Adventures in Wonderland, by Lewis Carroll 2008

Through the Looking-Glass and What Alice Found There,
by Lewis Carroll 2009

A New Alice in the Old Wonderland,
by Anna Matlack Richards, 2009

New Adventures of Alice, by John Rae, 2010

Alice Through the Needle's Eye, by Gilbert Adair, 2012

Wonderland Revisited and the Games Alice Played There,
by Keith Sheppard, 2009

Alice's Adventures under Ground, by Lewis Carroll 2009

The Nursery "Alice", by Lewis Carroll 2010

The Hunting of the Snark, by Lewis Carroll 2010

The Haunting of the Snarkasbord, by Alison Tannenbaum,
Byron W. Sewell, Charlie Lovett, and August A. Imholtz, Jr, 2012

Snarkmaster, by Byron W. Sewell, 2012

In the Boojum Forest, by Byron W. Sewell, 2014

Murder by Boojum, by Byron W. Sewell, 2014

Alice's Adventures in Wonderland,
Retold in words of one Syllable by Mrs J. C. Gorham, 2010

𐐰𐑊𐐮𐑅'𐑆 𐐰𐐼𐑂𐐯𐑌𐐷𐐲𐑉𐑆 𐐮𐑌 𐐶𐐲𐑌𐐼𐐲𐑉𐑊𐐰𐑌𐐼,
Alice printed in the Deseret Alphabet, 2014

ᚨᛚᛁ ᚨᛁᚲᛁᚠᛁ ᛁ ᚨᛁᚱᛒᛁᚠᚨᚲᛚᛁᚻᛁᛁᛁ ᚨᛁᚨ ᚨᛁᛒ ᚨᛁᚻᛁᛁᛚ ᚨᛁᚨᛁ,
Alice printed in the Ewellic Alphabet, 2013

Alis'z Advenčrz in Wundrland,
Alice printed in the Ñspel orthography, 2014

˙.ᒷ⊥ᒷᒥᒲᒥ ˙.ꟼ˙:ᒥ⊔ꟼ˙˙ꟼᒥᒥ ⊥⊔ ˸ᒷ⊔⊔ꟼᒥꟼ˵
ᒷ ˙.⊔ꟼ, *Alice* printed in the Nyctographic Square Alphabet, 2011

·ɹᴄɿ𝖲'ɿʔ ɿ|ฤนๅ໐ʔ ıเ ·ɟฤ|ᴅᴄɹฤ,
Alice printed in the Shaw Alphabet, 2013

ALISIZ ADVENCRZ IN WUNDRLAND,
Alice printed in the Unifon Alphabet, 2014

Behind the Looking-Glass: Reflections on the Myth of
Lewis Carroll, by Sherry L. Ackerman, 2012

Clara in Blunderland, by Caroline Lewis, 2010

Lost in Blunderland: The further adventures of Clara,
by Caroline Lewis, 2010

John Bull's Adventures in the Fiscal Wonderland,
by Charles Geake, 2010

The Westminster Alice, by H. H. Munro (Saki), 2010

Alice in Blunderland: An Iridescent Dream,
by John Kendrick Bangs, 2010

Rollo in Emblemland, by J. K. Bangs & C. R. Macauley, 2010

Gladys in Grammarland, by Audrey Mayhew Allen, 2010

Alice's Adventures in Pictureland,
by Florence Adèle Evans, 2011

Eileen's Adventures in Wordland, by Zillah K. Macdonald, 2010

Phyllis in Piskie-land, by J. Henry Harris, 2012

Alice in Beeland, by Lillian Elizabeth Roy, 2012

The Admiral's Caravan, by Charles Edward Carryl, 2010

Davy and the Goblin, by Charles Edward Carryl, 2010

Alix's Adventures in Wonderland:
Lewis Carroll's Nightmare, by Byron W. Sewell, 2011

Áloþk's Adventures in Goatland, by Byron W. Sewell, 2011

Alice's Bad Hair Day in Wonderland,
by Byron W. Sewell, 2012

The Carrollian Tales of Inspector Spectre,
by Byron W. Sewell, 2011

Alice's Adventures in An Appalachian Wonderland,
Alice in Appalachian English, 2012

Alice tu Vãsilia ti Ciudii, *Alice* in Aromanian, 2014

Alison's Jants in Ferlieland, *Alice* in Ayrshire Scots, 2014

Алесіны прыгоды ў Цудазем'і, *Alice* in Belarusian, 2013

Alice's Mishanters in e Land o Farlies,
Alice in Caithness Scots, 2014

Crystal's Adventures in A Cockney Wonderland,
Alice in Cockney Rhyming Slang, 2014

Alys in Pow an Anethow, *Alice* in Cornish, 2009

Alices Hændelser i Vidunderlandet, *Alice* in Danish, 2014

La Aventuroj de Alicio en Mirlando,
Alice in Esperanto, by E. L. Kearney, 2009

La Aventuroj de Alico en Mirlando,
Alice in Esperanto, by Donald Broadribb, 2012

Trans la Spegulo kaj kion Alico trovis tie,
Looking-Glass in Esperanto, by Donald Broadribb, 2012

Les Aventures d'Alice au pays des merveilles,
Alice in French, 2010

Alice's Abenteuer im Wunderland, *Alice* in German, 2010

Alice's Adventirs in Wunnerlaun,
Alice in Glaswegian Scots, 2014

Nā Hana Kupanaha a 'Āleka ma ka 'Āina Kamaha'o,
Alice in Hawaiian, 2012

Ma Loko o ke Aniani Kū a me ka Mea i Loa'a iā 'Āleka ma
Laila, *Looking-Glass* in Hawaiian, 2012

Aliz kalandjai Csodaországban, *Alice* in Hungarian, 2013

Eachtraí Eilíse i dTír na nIontas,
Alice in Irish, by Nicholas Williams, 2007

Lastall den Scáthán agus a bhFuair Eilís Ann Roimpi,
Looking-Glass in Irish, by Nicholas Williams, 2009

Eachtra Eibhlís i dTír na nIontas,
Alice in Irish, by Pádraig Ó Cadhla, 2014

Le Avventure di Alice nel Paese delle Meraviglie,
Alice in Italian, 2010

L's Aventuthes d'Alice en Êmèrvil'lie, *Alice* in Jèrriais, 2012

L'Travèrs du Mitheux et chein qu'Alice y démuchit,
Looking-Glass in Jèrriais, 2012

Las Aventuras de Alisia en el Paiz de las Maraviyas,
Alice in Ladino, 2014

Alisis pīdzeivuojumi Breinumu zemē, *Alice* in Latgalian, 2014

Alicia in Terra Mirabili, *Alice* in Latin, 2011

La aventuras de Alisia en la pais de mervelias,
Alice in Lingua Franca Nova, 2012

Alice ehr Eventüürn in't Wunnerland,
Alice in Low German, 2010

Contoyrtyssyn Ealish ayns Çheer ny Yindyssyn,
Alice in Manx, 2010

Dee Erläwnisse von Alice em Wundalaund,
Alice in Mennonite Low German, 2012

The Aventures of Alys in Wondyr Lond,
Alice in Middle English, 2013

L'Aventuros de Alis in Marvoland, *Alice* in Neo, 2013

Ailice's Anters in Ferlielann, *Alice* in North-East Scots, 2012

Die Lissel ehr Erlebnisse im Wunnerland,
Alice in Palantine German, 2013

Соня въ царствѣ дива: Sonja in a Kingdom of Wonder,
Alice in Russian, 2013

Ia Aventures as Alice in Daumsenland,
Alice in Sambahsa, 2013

ALSO AVAILABLE FROM EVERTYPE

'O Tāfaoga a 'Ālise i le Nu'u o Mea Ofoofogia,
Alice in Samoan, 2013

Eachdraidh Ealasaid ann an Tir nan Iongantas,
Alice in Scottish Gaelic, 2012

Alice's Adventirs in Wonderlaand, *Alice* in Shetland Scots, 2012

Alice Munyika Yamashiripiti, *Alice* in Shona, 2014

Ailice's Aventurs in Wunnerland,
Alice in Southeast Central Scots, 2011

Alices Äventyr i Sagolandet, *Alice* in Swedish, 2010

Ailis's Anterins i the Laun o Ferlies,
Alice in Synthetic Scots, 2013

'Alisi 'i he Fonua 'o e Fakaofo', *Alice* in Tongan, 2014

Alice's Carrànts in Wunnerlan, *Alice* in Ulster Scots, 2013

Der Alice ihre Obmteier im Wunderlaund,
Alice in Viennese German, 2012

Ventürs jiela Lälid in Stunalän, *Alice* in Volapük, 2014

Lès-avirètes da Alice ô payis dès mèrvèyes,
Alice in Walloon, 2012

Anturiaethau Alys yng Ngwlad Hud, *Alice* in Welsh, 2010

Di Avantures fun Alis in Wonderland, *Alice* in Yiddish, 2014

U-Alice Ezweni Lezimanga, *Alice* in Zulu, 2014

Lightning Source UK Ltd.
Milton Keynes UK
UKOW04f1039111214

242938UK00001B/5/P